撒落的星星

まく子

西加奈子 著
林佩瑾 譯

台日書店職人感動推薦

好想讓小時候的我讀這本書！

✦丸善書店丸之內總店　兼森理惠

小時候，我很害怕變化。晚上一閉上眼，我就擔心早上起床，自己會變成別種生物；然而矛盾的是，我內心深處卻又期待著變化。在《撒落的星星》中，小梢撒下了某物，而一股難以言喻的情感，也隨之降落在我頭上。閃亮、緊張、刺激、刺痛；當時體驗到的各種感受，全都重現在我腦海。現在我還是害怕變化，但是讀了《撒落的星星》，我不禁覺得：其實接納自己與他人，以及世上的萬事萬物，一點都不困難呀。沒錯，我們原本就知道這項道理。更重要的是，這部作品深深傳達出西加奈子對小梢跟《撒落的星星》的愛。

✦ **知遊堂書店龜貝分店　山田宏孝**

相信吧！故事尾聲這句話，深深打動我的心。在男生長大的過程中，明明有一大堆煩惱，卻又不敢告訴別人，也不知道到底發生了什麼事，自己究竟在糾結什麼，真是啞巴吃黃蓮。書中的角色，根本就是二十五年前的我。閱讀本書就像在探索過去，真想找個地洞鑽進去，但一讀就停不下來，不知不覺間就讀完了。跟阿慧同齡的孩子，絕對不能錯過這本好書。如果你能自然而然拿起這本書，不需要大人威脅利誘，那就再好不過了。

✦ **喜久屋書店帶廣分店　礒野茜**

我以前討厭大人、無法信任大人、一點都不想長大，成長之路充滿掙扎；我一邊讀這本書，一邊想著：「好想讓N年前的我閱讀這本書！」不過，如果沒有從前的經歷，我又怎能在本書中得到共鳴與感動呢？轉念一想，還是讓小時候的我奮力掙扎、戰鬥好了！很高興能從書中得到完整肯定自己的力量（包含過去的我），西加奈子老師，謝謝妳。《撒落的星星》在我心中，是一部無比寶貴的作品。

✦瓦當人文書屋店長　陳晏華

大人常以為小孩無知，其實小孩是喜歡探索世界、探索自己的，而大人卻常常限制孩子去探索，尤其當孩子想要探索自己的身體時，大人常躲避不談論，卻反而讓他們更好奇、懵懂，所以大人要放開心，並張開雙手，迎接孩子接連不斷的疑問，讓孩子勇於探索未知，更了解這個多采多樣的世界。故事中也提及與自己不一樣的人相處的過程，這也是帶給孩子更寬廣的心、更大視野的機會，世界那麼大，每個人都是獨立個體，來自不同的環境，一定跟自己不一樣，孩子如何接納與自己的差異，並且包容、體諒，是一輩子要學習的事情，讓世界少一些衝突，也是大人該學習的課題啊。

✦筆耕小書店店主、作文講師　盧翊

十一歲時的你如何看待自己？如果發現自己的身體與心理都產生了微妙的變化，又該如何排解、訴說？小說以第一人稱的少年視角，以溫柔而漸進的方式回答了以上兩則疑問。故事中的轉學生小梢舉止奇特且擁有美麗外表，她澄澈的眼眸彷彿能看穿主角的內心，每回在祕密基地的相處點滴，都讓寂寞少年的心以另類的方式被撫慰、被無條件的接受。在一連串的事件後，少年阿慧鼓起勇氣挑戰自己，也同時建構出新的生命態度。正因為是少年的視角，書中文字平實好讀，在看似平淡的校園生活中，巧妙融合了愛情萌芽、親情展現、科幻元素和日本傳統祭典。《撒落的星星》同時引領出大讀者「轉大人」的記憶，滿足小讀者的生活幻想，推薦給喜歡成長小說的你！

✦小兔子書坊店主　黃淑貞

生命的成長與消逝，是一種自然循環規律，也是一種「真正不變的就是變」的展現。追尋生命的意義與價值是人類永恆的哲學命題。當孩子逐漸明白「我們長大，就是為了死亡」，這是多令人訝異，又多麼鋒利呀！然而，我們卻找不到適當的字句予以反駁，因為這畢竟是真實的狀況。《撒落的星星》就是試圖衝撞對於生命價值的界定，更多的是，我們對於生命意義的深層思維。

作者西加奈子筆法活潑幽默，擅於以日常的事物象徵來剖析對於生活的觀察與感受，深入淺出的帶領讀者看到少男少女對於長大的想法。作者以五年級的男孩阿慧為主角，從發現身體的變化，到對於長大的恐懼與未知，甚至以為自己是個怪物，著實讓我捧腹大笑呀！另一個讓我拍案叫絕的是小梢這個角色。小梢來自於身體會處於永恆不變的外星球，特地與同伴來到地球了解死亡。如此對比的設定，是作者的巧思與創意，更讓我們體認到生命變與不變的哲思。

作者巧妙舖成劇情，運用生活場景與事物，無一不是將改變這個意念從外部環境連結到故事中的角色，傳遞著「有改變，萬物就有重生」的契機，如書中提及的溫泉城市、老家、神轎、石牆等。《撒落的星星》中每個人面對生命的難處與失落，讀來字字歡笑，句句催淚，也發現改變是生命之所以繽紛的重要元素，改變也可能是黑暗世界的一線曙光。同時，透過生命中的歡笑與悲傷一點一滴的形塑了現在的我們，堆疊出我們現在的樣貌，這才是最真實與踏實的。

「渺小的永恆，必須劃下句點。」星星並非永恆，有一天也會撒落在大地上，《撒落的星星》帶來了面對生命的疑問與震撼，期待這樣的命題讓我們在畫下句點之前，珍惜當下的感受與記憶，對於生命歷程更能捧之如珍寶。

✦新手書店創辦人　鄭宇庭

青春期時，總覺得自己是個異類，那時的我們，不明白憧憬抱負為何，只知道生活是日復一日，昨日不再，明日未來。

我特別喜歡故事裡溫泉鄉的背景設定。曾經，我們的童年都住在一個小小烏托邦裡，那裡永遠不會有太多不一樣，沒有人真的去思考地方與自我的生命經驗究竟如何互相影響，主角南雲慧問：「如果溫泉沒了，這座村莊會變成什麼樣子？」讀者當然也都知道，從來會變的，是人不是景，一如小說裡的男孩在認識女孩之後，逐漸成長改變。

成長不是瞬間懂了些什麼，而是明白每個故事，都跟人與人之間的相處有關。

這是一本充滿生命力的小說，你一定要用身體去感受閱讀的快樂，陪著主角用蛋蛋（笑），去衡量自己和外在世界之間既遙遠又靠近的情感，每個大人與孩子都需要勇氣，去活在充滿矛盾的真實世界，那些造成身體改變的粒子，都曾經在每一位經歷過青春期的我們身上，顫抖著。

勇氣就是，全心的愛著與相信這個世界，撒出我們的生命。

目次

名家導讀

一起當外星人

石芳瑜（作家、永樂座書店店主）

多年前全家一起到拉斯維加斯旅行，由於身處沙漠，空氣乾燥，就在按下飯店電梯按鈕的那一刻，「啪嘶」兩聲，還發出微弱的靜電火花。女兒看傻了眼，呆立在電梯門口。

「噓，快點進來。」我叫女兒趕緊進電梯。「媽媽告訴妳一個祕密，妳不要告訴別人喔，媽媽是外星人！」女兒們張大了眼睛，那一刻我知道她們相信自己也是外星人，興奮的問我：「那我們何時才會開始發電？」

多年之後，我猜想她們已經忘記此事了。可是現在翻書的你，是否還相信自己或身邊有外星人？

《撒落的星星》裡的美少女轉學生小梢就是一個外星人。讀到這裡的時候，你會不會像小說裡的主角阿慧一樣大呼：「你在鬼扯什麼啦！」但我相信作者西加奈子的文字一定會讓你一頁一頁像吃洋芋片一樣，不停的吃下去。因為實在太生動又太好笑了。每一個同學、村裡的一些怪人、爸爸，還有爸爸外遇的對象，未來的發展如何？都會讓人好奇的想要一直讀下去。

順便說一下，阿慧其實是男生，我一開始對名字先入為主，還覺得這個女生說話好帥啊。不過說起來，小五、小六正好都處在一種性別模糊、「轉大人」的尷尬期。西加奈子將這種彆扭的心境描寫得非常傳神，即使我已經離開那個年紀好遠了，但讀起來還是好有趣啊。而男主角叫做「阿慧」，想想也是剛好而已。

接下來，阿慧的「蛋蛋」變大了，故事又會怎麼發展呢？故事中幾個大人：DONO、未來，到底是怎樣的人？輟學的阿類又在做什麼呢？

當一切都有了不一樣的轉變和發現，其實就是「撒—伊—歐」（祭典中呼喊的口號）！當做好的神轎在祭典裡撞得稀巴爛，這麼浪費又看似沒有意義的事，其實就是「撒—伊—歐」！在小梢的星球裡，一切都是永恆不滅的，她來找尋死亡的意義，這個過程與結果也是「撒—伊—歐」！如果你不知道「撒—伊—歐」是什麼，那就把小說讀下去吧！而當你一天一天長大，你會發現，人生其實就是一連串的「撒—伊—歐」！

生命是什麼？生命的意義是什麼？《撒落的星星》用淺白的文字，不長的故事來告訴你。而思考這個問題，可能也是在你小時候，望著天上的星星，問自己的問題：我是誰？我為何來這世上？外太空有沒有跟我一樣的生命？

「我們都是粒子組成的。」小梢這樣說，真的好玄喔。粒子會改變，所以人會變老、樹木會乾枯、建築物會崩塌……真的是這樣啊！我們跟地球上的萬物都是靠著互相贈與粒子而活。如果你還聽不太懂，沒關係，就慢慢長大吧！長大的過程你就會明白了。

至於外星人會不會來地球呢？就讓我賣個關子吧！或許誠如小梢說的：「你也是外星人喔！」我到這個年紀都還相信自己是「外星人」，我希望你也相信。

作者序

不再強迫自己「當個講道理的大人」

我一開始就想寫小朋友的故事。

在福音館[1]出書固然是重要誘因，但我的哥哥、朋友們相繼有了孩子，這陣子我看著他們生養小孩，也受到了不少影響。

「小孩長得好快喔，一陣子不見就長大了。」

小時候，「大人們」見到我總喜歡這麼說，我只覺得煩死了，每次見面只會說「妳長大了耶」、「我也老了」，老哏。當然，那時的我萬萬想不到，幾十年後，我也

1 日本知名童書出版社。

變成了愛講那些話的「大人」。可是，「小孩真的長得好快，一陣子不見就長大了！」

以前的我，是如何在快速成長的身體與心靈中取得平衡？

不想不打緊，一想就痛苦，因為我馬上想起：以前根本找不到任何平衡點！我害怕「長大的」身體與「擴大的」眼界，一直都很害怕。可是，我將恐懼隱藏起來，裝作一副天不怕地不怕的樣子，好似成長過程中完全沒有任何挫折。我想描述自己如何隱藏恐懼，我認為這是自己的職責。

於是，我腦中馬上浮現阿慧這名主角。他不是女生。我想描寫男生對於身體變化的恐懼。女生總是「比較成熟」，男生對此一定很害怕，而且也肯定覺得有點落寞（他們一定不知道，其實女生也很害怕。這方面，他們總是後知後覺）。

為什麼你們的身體會「長大」，為什麼非「長大成人」不可？我想寫給阿慧看，但寫著寫著，我發現故事的方向，偏離了阿慧這群孩子。

到頭來，我是寫給自己看的。直到現在，我仍然脫離不了恐懼。

我是世人眼中的「大人」，卻完全無法在「大人」的身分中取得平衡。對著陌生人流利的自我介紹；對著好久不見的人聊天氣；按時繳水電瓦斯費；不僅如此，就連開車時，我都害怕自己身體上的變化，也害怕未來。

我這個人，到底為什麼活著？

察覺這點後，我大幅修改稿子。我不再強迫自己「當個講道理的大人」，而是與阿慧一起面對恐懼。不要再偽裝了！阿慧一直陪在我身邊（謝謝你，阿慧！）。

因此，說來有點難為情，這部作品成了赤裸裸的真情告白。很慚愧的，我並不奢望大家的理解。我這作家真是不及格呀。不過，我終於能更勇敢做自己了。

撒落的星星

我以為只有男生才喜歡撒東西。

一級方程式賽車冠軍、打贏總冠軍賽的棒球隊伍、登上土俵[1]的相撲選手，那些成天撒東西的人，都是男生。就拿節分日[2]來說吧，在神社境內撒豆子的男人總是比女人興奮，就連我的同班男同學，也老是喜歡用嘴巴噴水，或是在沙坑扔沙球、撒沙子玩。

班上的女生早就過了這段幼稚期，因此她們總是冷眼看著男生撒野、胡鬧。

我們今年十一歲。

學校上過「性教育課程」了，所以我知道女生的胯下每個月都會流一次血，也知道有些女生會故意駝背遮掩變大的胸部，當然也知道有些女生駝背，是因為覺得平胸很丟臉。

1 相撲比賽時使用的圓形擂臺。

2 各季節的分際，即立春、立夏、立秋、立冬前一天。每年二月三日是立春前一天，日本人會在這天撒豆驅鬼及吃豆子。

女生們快步向前走，不知要走向什麼地方。她們的目的地，大概是「大人」或「女人」的國度吧。可是，那些即將變成大人或女人的女生，在我們男生眼中，卻愈來愈像莫名其妙的怪物。

小優走過我身旁時，總會飄來一股酸酸甜甜的奇怪香味，實在很噁心；坐在我前面的香澄，她的胸罩輪廓在襯衫下若隱若現，感覺怪恐怖的。另一方面，我也覺得自己很可悲，我對女生的厭惡，看起來就像在鬧彆扭。

此時，我遇見了小梢。

小梢喜歡撒東西。她最喜歡撒東西了。

無論是口袋裡的零錢、神社地上的碎石子、堆在路邊的乾牧草或是別人院子樹上的橘子，她什麼都撒，能撒就撒。

小梢一**點也不莫名其妙**。就我看來，她不打算前往任何地方，她現在的樣子，就是最完美的模樣。

小梢只在我們村莊待了一小段時間。可是，我現在依然記得小梢。她隨心所欲做自己的模樣，以及與她相處的點點滴滴，全都深深烙印在我心底。

我們住在小小的溫泉鄉。

說是溫泉鄉，其實也不是什麼人盡皆知的名勝，而是類似「偏鄉的溫泉區」或「溫泉祕境」這類的地方。據說很久以前，這裡是非常繁榮的度假村，但我們聽了只覺得「真的假的啊……」。

公車一小時才一班，便利商店只有一家（店名叫「Mercy」），還有一家小型電動遊樂場。村裡的人多半互相認識，因此班上同學大多是從小一起長大。我們班有十二人，整間國小的學生總共是五十人。

我們的溫泉小歸小，泉質卻很好，所以鄉裡的經濟大半仰賴觀光。班上有一半的人是溫泉旅館的小孩，家長們都叫我們「潮莊的小孩」或是「千松老闆家的弟弟」等等，至於加不加「老闆家」三字，則取決於經營歷史啦、規模啦之類的因素。換句話說，自家旅館的「等級」，就是自己的「等級」。

村裡最大的旅館是「時之屋」，老闆的女兒神谷茉菜是我同學，人稱「時之屋老闆家的茉菜」。茉菜是班上第一個來月經的人，她總在下課時拿著花朵圖案的化妝包去廁所，臉上又害羞又得意，渾身散發出「我最特別」的氣息，總之看了就煩。（可是班上的男生很喜歡茉菜，有沒有搞錯啊。弘樹最誇張，他居然說茉菜拿著那個詭異的化妝包站起來時，看起來比平常可愛三成！）

我們家的旅館有二十間客房，兩間湯屋。在村裡算是中下規模，叫做「曉館」。

有一天，小梢突然來到曉館。

有一個跟小梢一樣白皙、號稱是小梢的媽媽卻又跟她一點也不像的女人，在曉館住下來工作。「號稱是小梢的媽媽」聽來有點怪，但她就是跟「小梢的媽媽」這五個字不搭調。首先，她們長得不像，而且小梢的媽媽一點也不像媽媽，反倒像個「沒有媽媽樣的人」。至於小梢，也像個「沒有女兒樣的人」。

曉館有些客人是小家庭，他們的小孩年紀跟我差不多。那些小孩要麼不看父母一眼，要麼完全不跟父母講話，彷彿在昭告天下「我們可不是一家人喔！」，可是儘管如此，他們依然是血濃於水的家人。

小梢跟媽媽並沒有家人間的親密感，媽媽看她的眼神就像在看曉館正門的柿子樹，臉上好似寫著：表面上做做樣子當母女還ＯＫ，其他的就別奢求了。小梢完全不在意媽媽的冷淡，對媽媽也不太理睬。而她的態度，跟我們的鬧彆扭、害羞，似乎不大相同。

不僅如此，小梢根本是個跟「鬧彆扭」與「害羞」絕緣的人。她不是乖小孩，也不會特意去做引人注目的事，可是她的笑容與回答，在在透露出一股冷淡、敷衍的感覺。我想，她大概想將自己塑造成一個「比大人還像大人，可是也跟嬰兒沒兩樣」的人。這形象真夠怪的。

總之某一天，小梢就這樣突然來到曉館。

曉館有一棟員工宿舍，說是宿舍，其實只是曉館後方的小型兩層樓公寓，共有十間房。公寓旁邊是我們家的小小透天厝，曉館後院連接著會客室，透過會客室窗戶，我們家跟小小的宿舍簡直一覽無遺。光是這樣，「就能看出曉館的格調」（這是爺爺生前的口頭禪）。

附帶一提，曉館到處都是這種家庭元素，比如櫃檯上擺著奶奶生前摺的紙球跟紙鶴，櫃檯旁邊的大廳（其實小到不行，自稱「大廳」真丟臉）書櫃，則有我小時候讀的繪本，以及老爸收集的那些有點色色的漫畫。

宿舍只有五間房有人住，其中四間房的住戶是三十多歲到六十歲的獨居阿姨，剩下的一間是五十歲左右的獨居大叔。

從小，宿舍裡的人就很疼我。

老媽是老闆娘，老爸是大廚，他們忙到沒時間理我，因此員工阿姨們對我關愛有加。我想去宿舍找誰就找誰，我不找他們，也會有人突然心血來潮，出來陪我玩。

在宿舍住最久的，就數住在「部」的君江阿姨。所謂的「部」，就是「伊呂波仁保部止」[3]的「部」。從以前起，門牌上就寫著「呂」或「波」之類的文字，一樓是「伊」到「保」，二樓是「部」到「奴」。

「對了，『利』是不是空房？」

大概就像這樣。大家私下都稱宿舍為「伊呂波莊」。

君江阿姨六十六歲，從我出生前就住在這裡了。她留著一頭短髮，喜歡大口抽菸、張嘴大笑，簡直跟男人沒兩樣。仔細一看，阿姨的嘴邊有鬍子，手腳也有濃密的黑毛。她是北海道人。阿姨說過「我家鄉很冷，體毛多也是正常的啦！」最好是。兒子跟女兒都留在家鄉。我不知道詳情，聽說她是離婚才來我們村莊的。

住在「止」的是一個姓吉住的阿姨，「智」是空房，「利」是南阿姨，「奴」是外山阿姨。而住在「伊」的是一個叫做鵜鶘先生的大叔，他負責鋪棉被、打掃浴室跟檢查瓦斯煮飯鍋。

鵜鶘先生每隻手指的第一關節都彎曲了，無法雙手合掌。他也沒有足弓，所以每次打掃浴室，地板都會留下明顯的足跡。據說這叫做「扁平足」。為什麼叫他鵜鶘先生？聽說是因為小時候，我把「扁平足」聽成「鵜鶘」。我對此一點印象也沒有，而且也沒見過真正的鵜鶘，不過大叔的小碎步走法及肥嘟嘟的雙下巴，可能跟鵜鶘真有那麼一點像。

---

3 出自〈伊呂波歌〉，日本平安時代的和歌，全文以不重複的四十七個假名組成，在後世被當成日文書法習字的範本。第一句是「伊呂波仁保部止」，第二句是「知利奴留遠」。

小梢跟媽媽搬進了一樓的「保」室。

她們的行李少到不行，與其說是搬進來住，不如說是來度過三天兩夜的輕旅行。

第一次見到小梢時，她剛踏出房門。

她一見到我，馬上朝我筆直走來。她穿著深色牛仔褲，以及綠中帶紫，活像怪獸嘔吐物的襯衫。（我真想問：妳幹麼選這種顏色？）

「你是小孩？」小梢說。

這種問法很奇怪，而且超級沒禮貌，但我過於吃驚，所以不自覺回答她。

「對。」

小梢注視了我好一會兒。她的眼眸是清澈的褐色，輪廓朦朧，眼白如白貓的腹部般雪白。我想說的是：有生以來，我第一次看到這麼漂亮的眼眸。

「年齡呢？」

我也是第一次遇到小孩用「年齡」而不是「幾歲」。

「十一歲。」

「我也十一歲。這麼說來，我們是同年的小孩？」

這傢伙有事嗎？我暗自嘀咕，但故作鎮定。畢竟，我可不希望她認為我嚇呆了，而且小梢的眼睛也真的很漂亮。

「對。」

小梢靠過來跟我比身高。她比我高幾公分（才怪，我只是愛面子，其實她高我十幾公分），我得抬頭才能看著她。小梢頸部白皙，就像新茶杯的內側那樣光滑。

「我比較高耶。這不是很奇怪嗎？」

聽到這兒，我真的生氣了。

「奇怪個屁啦。」

因此，平常從不說這種「男生用語」的我，不小心脫口而出。才說出口，耳朵便忽然發紅了。

班上的男生最近很喜歡自稱為「俺」，也喜歡叫女生「欸，女人」，我覺得他們好丟臉。（大家都是打從出娘胎就認識，現在裝帥有什麼用啊！）

「因為你跟別人不一樣啊。」

可是，竟然當面瞧不起我，我至少得給她下個馬威。

「閉嘴啦，每個人都不一樣啊。」

想到有人拿我跟那群幼稚的男生相提並論，就嚥不下這口氣。

「你耳朵變紅了！」

小梢對低著頭的我補了一刀。

我再度一肚子火，怒瞪小梢。可是，她看起來跟我想像中不大一樣。

小梢直直望著我，臉上沒有笑意，也沒有挑釁的意思。總之，她似乎不像是瞧不起我。

「你只有耳朵變紅。」

小梢臉上滿是詫異。她好像真的是發自內心這麼想，所以我也不禁卸下心防。

「嗯，我的耳朵很容易變紅。」

小梢的褐色眼眸瞬間睜大，幾乎聽得見睜開時發出的聲響。

「只有耳朵？」

「嗯，只有耳朵。」

「什麼！」

這傢伙是怎樣？我看她根本就瞧不起我吧。不過，小梢身上依然絲毫沒有瞧不起我的氣息。

「原來你只有耳朵會變紅呀！」

從第一次見面起，小梢就很奇怪。非常奇怪。

✦

小梢第一次來學校時，大夥兒的反應可謂一絕。

連班導小菅老師看起來都有點緊張。小梢長得很漂亮，雙腿修長、背脊直挺，與最近班上女同學著迷的國中生模特兒不相上下。

在這之前，班上最受歡迎的女生就屬茉菜。她胸部發育早（噁！）而且穿著講究，別說這村子了，連規模比較大的鄰鎮也買不到她穿的衣服。

茉菜深知自己的魅力，因此言行舉止也很做作。在洗手檯洗完手後，大家都是甩甩手、自然風乾，只有茉菜會用漂亮的手帕擦手（而且還是大尺寸的成人款式！），閱讀課本時，也會悄悄將頭髮撥到耳後。茉菜的一舉一動，都是眾人注目的焦點。明明她脖子上的痣像鴿子大便，鼻子也長得像鍬形蟲，但是大家好像都不在意。

可是小梢很快就搶走了茉菜的鋒頭。她不會用手帕擦手，但甩著水的手與灑脫的垂在課本上方的髮絲，大家都覺得很漂亮。因此，班上的男生一舉變心，將目標從茉菜轉為小梢。國小五年級的茉菜，這才明白男生有多麼任性、愚蠢。

原來如此，原來男生都很任性又愚蠢呀！

男生比女生幼稚，因此當然……該怎麼說呢，也比女生任性、愚蠢多了！

舉例來說，男生最喜歡幫別人亂取外號，而且是無聊到不行的外號。菅原正被男生們取了「五票」這個外號，居然只是因為選班長時有人用「正」字計票，然後正字代表五票！班上男生拍桌大笑，阿正則面紅耳赤（不過阿正也在羽田水稀感冒戴口罩時，嘲笑她「鼻水稀」）。

我愈來愈不願意與那群蠢男生為伍。老實說，我承認以前的自己肯定會笑菅原正的外號「五票」，或許也會叫水稀「鼻水稀」。但以前是以前，現在是現在。

我們都升上五年級了，誰會為了那種蠢事又笑又鬧，又不是吃飽太閒。對吧？

我真不想成為男生的一分子。

但是，我更不想變成莫名其妙的女生。我才不要拿著愚蠢的化妝包上廁所，而且死也不要被胸罩纏緊緊！

我覺得自己活得很不踏實，在班上愈來愈沒有存在感，好幾次我都想著：乾脆變成透明人算了，最好每個人都看不見我。

然而天不從人願，我還是成了眾人注目的焦點。因為小菅老師說小梢住在「曉館」（正確說來是「伊呂波莊」）。

「那不是阿慧家嗎！」

同學們開始起鬨。小純說：「他們住在一起，所以也睡在一起嘍！」

此言一出，簡直一發不可收拾。

男生們用力拍桌，平常嫌吵的女生們，此時也跟著瞎起鬨。小菅老師嘴上說著：「同學們！安靜點！」但這種溫吞的警告，根本不可能使大家安靜下來。

說起來，小菅老師這個人總是這副樣子。

講好聽點是「從容」、「溫和」，但他這個人看起來就是心不在焉，一點也不會察言觀色。或許是他看著我們長大的關係吧，老師一定認為我們還是從前那群走路跌跌撞撞的可愛小孩。他並沒有發現，其實我們正處在「大人與小孩之間」的尷尬地帶。

大夥兒鬧成一團，唯有我跟茉菜露出無聊的表情。我幾乎感到絕望，覺得大家白痴死了——同時，我又覺得自己好窩囊，怎麼只想得出「白痴」這種白痴詞彙？

我悄悄瞥向小梢，只見她站了起來，神色與班上同學、我及茉菜迥然不同。她雙眼圓睜，詫異的環視眾人，那種表情，與她說我耳朵很紅時一模一樣。很快的，大家也注意到小梢的表情，有幾個人止住笑意，有幾個人被小梢迷得目不轉睛。

小梢很漂亮。明明才十一歲，「漂亮」一詞卻比「可愛」更適合她。小梢果然是這村落中獨一無二的人種。

✦

我從小到大不曾有過令人稱羨的優點，也不曾淒慘到淪為笑柄，我是「中下」，就像曉館也是村子中的中下等級。

我的個子略矮於平均身高，姓氏「南雲」位於名單的中段，成績單上多半是乙跟丙，只有一科是甲（國語）。長相也是大眾臉，長得不帥，但也不醜。換句話說，我這個人非常不起眼。

可是，跟小梢這種女孩住在同一棟公寓，轉眼間就使南雲慧變得與眾不同。

✦

我提早離開學校。

就算我跟小梢住在同一個地方，也不代表我必須跟她一起回家。班上同學起鬨成那樣，若我跟她一起回家，不知會被說什麼閒話。不料，不知不覺間，小梢卻追上了我。

「欸。」

有一群男同學和女同學跟在小梢後方，而且還刻意拉開距離（連家住在反方向的同學也來湊熱鬧）。天啊，真是夠了！

「一起回家吧。」小梢說。

對其他人而言，這簡直是從天上掉下來的好運，可是我只覺得很煩。因為我最討厭引人注目了。說到底，在這種小村莊引人注目，根本跟自殺沒兩樣。

我喜歡曉館的員工阿姨們，可是我很討厭她們喜孜孜的聊八卦。住在哪裡的誰買了新車、哪戶人家的女兒妝很濃……大家為什麼對別人這麼感興趣？

我每天都悶悶不樂。阿姨們完全沒看出我的鬱悶，一逕聊八卦，在她們眼裡，我永遠都是小孩子。我在每個地方都變成了透明人，沒有人看得見我。

可是，小梢清楚看見了我。那雙水汪汪的褐色眼眸，定定凝視著我。

「一起回家吧。」

我越過小梢望向眾人。有些人面紅耳赤的別過頭，有些人則認真的回望我。每個人都卯足了勁。

至今，我從未遭受過這種待遇。我總是獨自安靜的回家，私下想去哪就去哪。因為我幾乎是透明人。真懷念以前的時光，好想回到過去，獨自當個透明人。

我狠狠瞪著小梢。瞪她需要勇氣，而說出這句話，則需要更多勇氣。

「我自己回去。」

「喔——」眾人驚呼一聲。

「好吧。」

小梢一口答應，留下錯愕的我快步離去。她輕快的擺動修長的雙腿，彷彿不受重力束縛。

她生氣了？

我的心臟怦怦跳，一逕注視著她的背影，她卻頭也不回。

望著小梢背影的人不只我一個。清理水溝的武井大叔、送酒的「真心屋」阿信哥、將椅子搬到家門口乘涼的「赤垣柑仔店」阿姨。阿信哥張口結舌，武井大叔看看其他地方，又回望小梢。至於赤垣的阿姨，甚至大聲嚷著：「唉呀呀！」大家都目不轉睛的望著小梢。

與她拉開一段距離後，我才邁出步子。明明說出那句話的人是我，不知為何，我卻深深感到受傷，而且彷彿是小梢刺傷了我。說來真怪。

大夥兒追了上來，他們與我不同，一個個眉開眼笑。

「阿慧，這就對了，男人就是該自己回家！」

「你剛才說得真好！」

男生們拍打我的肩頭，一副跟我是死黨的樣子。至於女生，明明閒閒沒事，也死黏著我們不走。煩死了。那麼想跟小梢當朋友，幹麼不直接過去跟她說話？我在心裡暗嗆，但也明白：一旦小梢甩頭離去，不知怎的，就是無法對她開口。

小梢似乎完全不在意後頭跟著一堆小學生，只是一心想回家。雖然她沒有凶巴巴的表示「不准跟我說話」，但是看著她堅定的獨自踏上歸途，就是令人開不了口。

我踏進曉館大門，正巧看到小梢走進「保」室。我真討厭自己一副傷得慘兮兮的模樣。

從員工出入口進入曉館，可以看見右側有一間大家稱為「櫃檯」的房間。房間約三坪大，正中央有一張桌子，放著一臺老電腦。最近都是由這臺電腦管理旅客住宿名單，負責處理的人是老媽。

老媽不在櫃檯。傍晚是最多客人投宿的時段，她應該是去迎門了吧。桌子旁邊有一臺小冰箱，員工跟我的飲料都冰在裡頭。老媽不知道怎麼搞的，老是喜歡在食物或飲料上貼字條給我。

你回來啦！今天上課學了些什麼？這是點心，吃吧。

像這種字條，會貼在冰箱裡的優格或瑞士卷外盒，有時則是——

冰箱裡有客人送的地瓜羊羹喔！

字條居然跟地瓜羊羹一起放在冰箱裡。該怎麼說呢？老媽實在有點天兵。

可是，大家似乎就是愛她這一點，也喜歡她樂於自嘲的個性。這間房間有許多旅客送的感謝函及甜點，君江阿姨說：「能收到這麼多禮物，證明老闆娘做人很成功。」這是座不起眼的溫泉鄉，我們旅館也絕對稱不上氣派，旅客們絡繹不絕前來投宿，似乎全仰賴「老闆娘的手腕」。

我將冰箱裡的養樂多拿出來喝，此時老爸來了。

「阿慧，你回來啦。」

老爸居然來這間房間，真難得。這裡是老媽跟員工阿姨們喝茶聊天的地方，她們看我年紀小才讓我進來，否則成年男人是不敢進入的——應該說，一般而言不敢進入（連鵜鶘先生都不例外）。

「我回來了。」

老爸穿著日式圍裙，但沒有戴帽子。看來廚房的雜事處理得差不多了。

「你看到保室女孩了嗎？」

保室女孩？我納悶了一下，但看著老爸那副賊笑的模樣，馬上就知道他是指小梢。我頓時一陣不爽。

「那女孩超可愛的啦！」

我最討厭老爸這一點。

「阿慧，我們家有這麼可愛的女孩，你應該也很高興吧！」

老爸喜歡可愛女孩跟漂亮女人。

或許每個男人都是如此，但老爸尤其誇張，而且連在自己兒子（我）面前都毫不掩飾。因為我還小？可是，就算我們都是男生，世界上也不可能有人想看到父親的「這一面」。況且，老爸自以為藏得很好，但是他的色狼本質，老媽跟君江阿姨都早就「了然於心」了（這也是爺爺生前說的）！

至今，老爸好幾次差點被趕出曉館。光是我知道的就有兩次。兩次都是老爸「搞外遇」，然後惹惱老媽跟阿姨們。

第一次的對象是漁港的漁協員工（他都去那裡批貨），三十七歲，看起來肉肉的（有點像美國的胖小孩）。老媽看了老爸的簡訊，事情就爆開了。

第二次的對象在寵物美容院上班，二十七歲，整個人瘦巴巴的。他偷吃的事情在村子內傳開，傳到老媽耳裡。（老爸這個笨蛋，居然跟外遇對象在鄰鎮牽手！噁！）

老爸一見到女人，就會先用「那種目光」看她。老媽跟員工阿姨們都對老爸感到傻眼，可是君江阿姨說「每個女人都喜歡，代表他很善良啊」，大家聽了居然都笑出來，更不可思議的是，連老媽都笑了。我實在無法理解女人。

更令人無法理解的是：老爸的兩個「外遇對象」，竟然還在這村子裡！

連對方的父母、親戚、閒雜人等都牽扯進來搞出大風波，結果不知不覺間，村子又恢復平靜。老媽愈來愈胖，還是一樣愛笑又有點天兵，而老爸則一樣瘦瘦的，在廚房說著冷笑話。伊呂波莊的阿姨們則把他們當成八卦的話題，大剌剌的指著他們倆取笑。

什麼跟什麼啊？

「阿慧，你是爸爸的孩子，你喜不喜歡女孩子呀？」

天啊，煩死了！

班上的女生們，將來會不會變得跟阿姨們一樣？

「你喜歡女孩子嗎？」

她們會不會用這種話取笑我？

老爸看我不回話，就會戳我的頭，還帶著一臉賊笑。我也討厭他的賊笑。超級討厭。

✦

自從小梢來到村莊，村裡的人便時常來曉館報到。

明明只是想來看小梢，又怕被人發現自己是盲目跟風，所以大家都一律帶著伴手禮，裝作特地來拜訪曉館的樣子。橘子、花林糖[4]、可爾必思……伴手禮堆滿櫃檯房，連走路的空間都沒了。我拿走了其中幾樣，其餘則分給伊呂波莊的人，當然小梢也不例外。

小梢完全不知道這一大堆甜點其實都是自己的功勞。她一副「食物拿了就不能浪費」的樣子，吃完後還小小聲的說：「好吃。」一旦她說出「好吃」兩個字，送伴手禮的人就會面紅耳赤、扭扭捏捏，在大家心目中，小梢根本是偶像明星。

在曉館當接待員的小梢媽媽，有時也會吃小梢的戰利品。

大家的想法似乎跟我一樣，認為小梢的媽媽實在不像個媽媽。她們剛到村莊時，村裡可說是傳言滿天飛。

有人說小梢的爸爸其實是知名演員，而小梢是「私生子」，有人說小梢是某位千金小姐的女兒，被她現在的「媽媽」綁架到我們村莊，總之無聊的傳聞一大堆。

不過，我們這種老溫泉鄉也有個不成文規定，就是不准打探員工的過去。村裡的叔叔阿姨個個「心照不宣」（到底有多老派！），每個人都認為小梢媽媽來工作是基於「某種苦衷」。老媽也是看人不看履歷，儘管這種隨便的面試方式讓她踩了幾次雷，但是寫假履歷的人到處都是，而且這種鄉下地方很缺人手，沒空一一追究新員工的過去。

4　一種日式長條狀甜點，有點像麻花捲。

雖然謠言滿天飛，但多半只是大家茶餘飯後的話題。沒有話題耶，不然來講別人八卦好了——說穿了只是如此，而且也沒人會去問當事者真相。大家對「真相」沒興趣，只是喜歡「聊八卦」罷了。大家就像一群渴望八卦的怪物，一見到獵物就蜂擁而上，吃膩了就再找別的獵物。

老媽喜歡小梢的媽媽。非常喜歡。這一點很重要。小梢的媽媽手腳很勤快，跟曉館的大夥兒打成一片，雖然日子缺乏變化，她似乎住得還算舒適愉快。

在我眼中，小梢的媽媽與她的相似處只有一項，就是：被人搭話或是看見某物時，會露出非常詫異的表情。比如客人問她溫泉的事，她的表情活像被踢爆什麼重大祕密似的；老媽拿甜點或清潔劑、啤酒去「保」室，她的臉上寫的不是「這怎麼好意思」，而是「這是什麼」。這樣的表情，跟小梢第一次見到我時十分相像。

總而言之，小梢母女檔真夠怪的。

她們有時整天關在「保」室，有時在後院閒晃，有時跟其他阿姨們閒聊，有時跟帶伴手禮來串門子的阿信哥、赤垣柑仔店的阿姨或孝太他們聊天。兩人的生活完全沒有規律可言，在這一成不變的村莊之中，她們顯得特立獨行。

話說在前頭，我可沒有偷窺她們喔，真的！

只是因為我房間的窗戶面向後院，所以難免不小心看到她們！

小梢偶爾會發現我在看她。

即使與我對上雙眼，她也沒有一絲笑意，但也不會視若無睹，只是直直望著我。

我假裝不知道她在看我，每每翻開漫畫書，好分散對小梢的注意力。我只想得到這個辦法。

我討厭念書。

在漫畫世界中，像我這種不起眼的角色多半擅長念書。他們會解決懸案的謎團，從密室裡面解開密碼成功逃脫，用腦袋解決各式各樣的難題。

可是，我這個人跟曉館是徹頭徹尾的命運共同體，總而言之就是「沒那種命」。

（爺爺的口頭禪之三。沒事幹麼跟孫子說這種話啊！）

我這麼不起眼卻從未被欺負過，也是拜這村莊所賜。

每個人都知道是誰在神社尿褲子（是拓斗），每個人也幾乎都經歷過鼻孔掛著兩道鼻水的時期。燈里得盲腸炎住院時，大夥兒一起去探病；村莊裡最大的「時之屋」

溫泉，大夥兒也一起泡過幾次。

我們曾經罵過彼此是笨蛋、大便，也打過幾次架。可是大家都不是真的對誰有惡意，吵嘴就是吵嘴，打架就是打架，沒有其他含意。

然而，我們的生活，逐漸產生了意義。我們正在蛻變，從單純邁向複雜。

村莊裡有個叫做阿良的人，是國一生。阿良以前常常跟我們一起玩，可是最近他突然變了。他留起刺刺頭，兩側推高，穿上過大的褲子，不戴安全帽就騎著機車到處晃（而且是無照駕駛）。

我喜歡以前的阿良。我喜歡那個跟大家一起泡溫泉的阿良。可是阿良變了。大夥兒崇拜起阿良，拓斗開始將短髮留長，阿純開始尋找特大號的衣服，而阿正，只要見到阿良，就會對他行注目禮。

在我心目中，阿良不只是「村莊裡的不良少年」，而是恐怖的象徵。以前的阿良是有圓形禿的和尚頭，好久好久以前曾爬樹幫我拿鳥巢，現在的他，在路上碰到我，也只會視若無睹。

我害怕大家改變。

我希望大家永遠不要長大，無憂無慮的一起泡溫泉；我希望大家永遠不要改變，即使打打鬧鬧，也能馬上和好。

那些快樂的日子，那些跟村裡的溫泉一樣令人身心舒暢的日子，已經消失在我雙手無法觸及的地方，再也找不回來了。

如果新的日子已然展開，那麼我們會前往什麼樣的地方呢？

我們會變成什麼樣的人？

「到底會變成什麼——！」

DONO坐在學校前的長椅看漫畫。

DONO是「壽土木工程行」的次男，長得胖嘟嘟的，頭上總是綁著迷彩頭巾。今年大約二十五歲。

「好，這次到底會變成什麼呢——！」

DONO手上的漫畫，是現在我們正熱中的《Change!》最新一集。

「我想了老半天……」

《Change!》的主角會變身成各式各樣的東西，與敵人戰鬥。會變成什麼東西，連主角自己都不知道。有一次明明是在學校，卻變成戰車；有時明明是重要的戰鬥場面，卻變成小女孩。變身畫面超噁爛（主角的細胞跟某種細胞蠕動交纏在一起，最後合體），這也是它受歡迎的主要原因。

「原來是這個啊！」

DONO常常一邊閱讀我們還沒看的《Change!》，一邊大嚷些吊人胃口的話。說穿了就是故意吸引我們注意。

「想不到居然是變成這個啊——！」

不知為何，DONO總是能搶先拿到最新的漫畫，漫畫雜誌也能在發售前拿到手。其實我們並不想跟DONO玩，但是為了看漫畫，只好聚集在DONO身邊。

如果央求DONO讓我們看漫畫，他會乾脆的一口答應。但他不是借我們，而是強迫我們坐在他旁邊或後面，跟他一起看。

「反正我會從頭開始看嘛！」

最麻煩的就是：DONO會改變聲調，一一念出每個角色的臺詞。

「你、你……！」

「做什麼！」

「要上嘍——！」

DONO的嗓門大到嚇死人，方圓百里都聽得到。有時他會故意不翻頁吊人胃口，真的很令人火大，但我們若是敢抱怨半句——

「那都不要看啊。」

他就會鬧彆扭，大家只好忍氣吞聲。因此，一旦DONO看完漫畫，大家就一哄而散。因為DONO又不有趣，而且還想當我們的老大，一把年紀了還這樣，實在很難看。

在我們更小的時候，DONO人緣很好。他劍玉[5]玩得很好，吹氣球的速度比誰都快，而且會抓很大隻的天牛給我們。當時不只男生，女生也喜歡圍繞著DONO打轉，只是後來大家就漸漸不理他了。回想起來，DONO人緣變差，應該是因為我們發現他沒有工作。村莊的大人們

---

5 日本的傳統民間童玩。劍為十字木頭的部分，玉為球體。

提到DONO總是搖頭嘆氣，知道這點後，該怎麼說呢？我們對他也失去了興趣。整天跟小孩子混在一起，到底在搞什麼呀。

虧DONO陪我們玩了那麼久，我們卻說翻臉就翻臉，不過女生更過分。升上五年級後，她們突然說DONO很噁心。杏奈、茉菜、水稀，她們明明前陣子還跟DONO玩得很開心呢。

男生自以為是又愚蠢，女生則是很殘酷！超級殘酷！

「噁心——！」

沒錯，大聲朗誦漫畫又不時偷瞄，企圖吸引我們注意的DONO，真的矬爆了。他長得很胖，有時又有怪味，而且整天綁著迷彩頭巾，品味真的很差。

可是，我覺得她們不應該說別人「噁心」。那很傷人。實在很傷人。這種傷人的話，女生最近成天掛在嘴上。

「噁心死了——！」

明明她們罵的是DONO，我聽了卻很難受，好想大吼：不要說了！

即使被女生罵「噁心」，DONO也毫無反應。他不可能沒聽見，卻堅持大聲念出漫畫對白。

「你在幹麼？」

小梢竟然向DONO搭話！我的驚訝絕非筆墨可形容。我們不約而同仰望小梢，而她美麗的眼眸依然令我驚嘆。

在場最驚訝的人，應該是DONO。

「喔！兜！噠——！」

他鬼嚷些意義不明的字眼，手上的《Change!》第七集應聲落地。

「小梢，不要啦，過來這邊嘛！」

小梢後面的女生們拉著她的衣襬，一副DONO是病毒的樣子。

「你在幹麼？」

小梢不為所動，繼續詢問DONO。孝太代替DONO答腔。

「在看漫畫！」

「漫畫？」

小梢又擺出「那是什麼？」的表情。不知為何，我的心跳漏了一拍。

「唉，小梢，走了啦！」

杏奈拉拉小梢的手，而小梢並沒有面露不悅。她理所當然的跟著她們離去，頭也不回。

這一天，DONO念得特別投入。

「喝啊啊啊啊啊啊啊啊啊啊！」

「危、危險——！」

他大聲得不得了，我們只好請他稍微小聲一點。

「到底會變成什麼——！」

✦

小梢完全成了這裡的女王。

不知道從什麼時候開始，茉菜也變成小梢的跟班，而且連其他年級的人也想跟小梢混熟。

小梢周遭總是圍繞著一堆人，大人小孩都有。想當然，放學後她根本不可能獨自回家，管他回家的方向一不一致，管他待會兒需不需要補習，反正大家就是想跟小梢一起回家。

起初我拒絕小梢，這下想反悔也來不及了。小梢率領一夥人浩浩蕩蕩前進，好似女王出巡，走在他們後面簡直羞恥到不行，因此我只好特地繞遠路回家。

放學時，校長會站在校門口對我們道別。

校長個頭很瘦小，活像隻畏縮的蚱蜢。他已經是老爺爺了，聽說年輕時就在這所學校教書，小菅老師跟我老爸都當過他的學生。我實在無法想像校長教體育或音樂的模樣，甚至連他年輕的模樣都想像不出來。

「南雲同學，再見。」

校長叫得出所有學生的名字。不只是我們，連所有畢業生都不例外。老爸說這真的很猛。當然，校長也記得老爸的名字，以及他在學時的表現。

「南雲同學的爸爸當時成天追著女生打轉，而且真的很會掀裙子呢。」

這種事情麻煩快點忘記好嗎！校長就是死腦筋。

「再見。」

學校前面的大馬路朝左拐，直走就會抵達曉館，但是我特意向右拐，繞到學校後面。這裡有條路能通往山上，有些人來這兒遛狗，有些人則在路邊的長椅打瞌睡。

走著走著，我遇見了未來。

未來是村裡一個腦袋有點怪怪的大叔。他遊手好閒、無所事事，但也沒做什麼壞事，所以大家只能無奈的在一旁默默關注他（就像對待DONO一樣）。他穿著白襯衫與白色緊身褲，以及一雙很大的成人室內鞋，頭上東禿一塊、西禿一塊。除此之外，皮膚也白得誇張，因此從遠方看來，未來就像一個細長的塑膠塊。

未來一看見我，就猛然挺直背脊。

「你聽了別嚇到。」他說。

我裝作沒聽見，可是無論我如何反應，他一定會接這句話。

「我就是你的未來。」

當然，「未來」這外號就是從這兒來的（對了，DONO為什麼叫DONO？他明明叫做岡田茂，跟DONO一點關係也沒有）。

不知道怎麼搞的，未來深信自己來自未來世界。如果他真的來自未來，大可說說未來有什麼方便的工具，或是世界變成什麼模樣，但是他看到我們小孩子，就只會講這句話。

「你聽了別嚇到。我就是你的未來。」

這句話我不知聽過多少次。

我們從小就被未來嚇得要死，因為他老是盯著我們說「我就是你的未來」。當然，現在的我們聽了只會嗤之以鼻，但當年還小，不免擔心「未來」會不會真的就是將來的自己，有些人還煩惱到哭出來。我第一次聽到未來說這句話時，也是擔心害怕、惴惴不安，嚇得晚上睡不著。

「未來，你走開啦。」

現在的我，已經敢嗆未來了。因為他只是外表可怕，從來不曾對我們做過什麼，而且我知道他根本不是我們的未來。

「我叫你走開。」

未來直直的看著我的眼睛。他眼睛很大，眼白也很白淨，感覺真的就像被他「直直的」盯著不放。我不理他，逕自往前走。不理他也沒關係，反正他不會死纏爛打，只會去找別的小孩講同樣的話而已。

「你聽了別嚇到。我就是你的未來。」

登上緩坡後，就是常盤城了。

它是一座城堡。說是城堡，其實只是些斷垣殘壁，從規模看來，也不是什麼大城。除非是歷史迷或是石牆愛好者（假設真的有這種人），否則遊客不會特地前來。

最近我常來這裡打發時間。

我喜歡坐在長了青苔的斷垣殘壁上，閱讀偷偷帶來的漫畫（不是最新一集《Change!》就是了），或是躺下來望著天空。

常盤城總是很寧靜，因此我能盡情當個透明人。

如果膩了，我就挖挖石牆縫隙中的小石頭，有時兩、三下就能挖落。常盤城真的很古老。掉落的小石頭敲擊石牆，應聲落地。

我看見未來在遠處散步。他習慣將頭歪向右邊走路。

以前的未來，是什麼樣的小孩呢？

小時候，我根本無法想像未來小時候的模樣。不僅如此，我也無法想像老爸、老媽、鵜鶘先生跟君江阿姨曾經當過小孩。我以為大家生來就是「那個樣子」。不，我才沒有那樣想。我連他們也是出自娘胎這點都深感懷疑。大家都是人生父母養，都曾有過童年，然後成長為現在的模樣——在我看來，簡直就是天方夜譚。

未來在我們這年紀時，曾經想過自己的未來是這種下場嗎？

「我就是你的未來。」

躺著躺著，背後的小石頭實在扎得我發疼，但我又懶得換地方。

我將手枕在腦後，直直望著天空，望得昏昏欲睡。最近我怎麼睡都睡不飽，總之就是超想睡。

閉上雙眼，我聽見了風聲。咻、咻，這種俐落的風切聲，在村莊裡是聽不到的。風掠過我鼻尖，然後又吹向空中。

「有了。」

頭上傳來聲音。

「噫！」

睜眼一看，小梢正盯著我瞧。

我好後悔發出怪聲。我匆匆起身，小梢依然定定俯視著我。

「你睡著了？」

從下往上看著小梢，只見她背光，臉上罩著淡淡的影子。不過，那雙美麗的眼眸仍然醒目。

「才沒有咧。」

耳朵又發燙了。它肯定又變得紅冬冬的。我縮起身子，但她對我的耳朵已失去興趣，逕自坐在我身旁，伸長雙腳。她的動作掀起一陣微風，令我的耳朵變得更燙，我下意識的搔搔耳朵（明知毫無意義）。

坐是坐了，小梢卻悶不吭聲，只是動也不動的垂著一雙長腿。好安靜。

如果漫畫出現這種劇情，多半表示女生喜歡男生。畢竟她特地甩開跟班來到這裡，而且還找到了我，說「有了」。

換句話說，小梢剛剛一直在找我！

可是，小梢還是跟平常沒兩樣。她一副「這地方是我先找到的」的樣子。什麼跟什麼嘛。

我覺得好可恥，剛才居然還期待了一下。可是，我又不想離開。我靜靜坐在小梢旁邊，撥撥自己的背，一顆稍大的石子悄然掉落。石牆好安靜。

我低下頭，瞥見自己的鞋。這雙深藍色運動鞋是老媽選的，只有腳尖髒兮兮。我突然覺得穿著這雙鞋好丟臉，明明很喜歡，卻只因為是老媽選的，我就覺得自己矬到不行。我趁著小梢不注意，偷偷用其中一腳的鞋底摩擦另一腳的鞋面，想弄髒鞋子，但究竟為什麼這麼做？連我自己都不知道。

我倆悶不吭聲的坐著。

四周傳來野鴿的叫聲。咕——咕咕，咕——咕咕，聽來像是亂叫一通，但或許其中有我們聽不出來的規律。俯視整座村莊，只見四處冒出溫泉的熱煙，循著煙的軌跡望去，每道煙都在中途消失無蹤。我仔細尋找殘留稍微久一點的煙，但每道煙都差不多。起初從煙囪猛然竄出，不久便氣焰盡失，逐漸變淡，無限接近透明。它們只是普通的煙。

沉默了老半天，我終於沉不住氣了。照理說，後來的人應該要負責開啟話題，不是嗎？既然不說話，幹麼特地來這裡？小梢不是來這裡找我的嗎！

「這裡是城堡的遺跡。」

到頭來，開口的人還是我。我輸了，我很後悔，可是再不說話，恐怕我連一分鐘都待不下去——而我想多待超過一分鐘。

「城堡？」

「對，叫做常盤城，規模很小就是了。」

我拍拍自己跟小梢中間的石牆。啪啪，石牆發出乾燥的聲響，我的手沾上了石子。小梢個子比我高很多，坐著時卻跟我差不多，代表她的上半身不長。換句話說，她的腿很長！

我盡量壓低嗓音，壓到不能再低。

「我們現在坐在石牆上面。」

「石牆。」

小梢興趣缺缺的答腔。

看小梢沒有興趣，我不禁慌了。她會不會走掉？會不會再也不跟我說話？可是我沒辦法再跟她聊下去。換作是大嘴巴阿純，他會怎麼做？人緣最好的孝太？我的天啊！想起那兩人又如何？我明明知道自己沒辦法像他們一樣。

「石牆。」

「石牆。」

「對，石牆。」

「石牆。」

我們聊了一段無意義的蠢話。老實說，我真的好想哭。事到臨頭，不管是未來或DONO都好，拜託來個人吧！可是另一方面，我又不希望任何人來。換句話說，我壓根不知該怎麼辦才好。

我下意識的挖起石牆。石牆再度輕易崩落。

我撥掉沾在手上的小石子，而小梢依然垂著一雙腿，我倆又恢復沉默。我希望這段時間早點結束，同時又不希望它結束，搞得我都快發瘋了。

我更用力挖起石牆。這回我不只撥掉沾在手上的石子，而是抓住石子往下撒。有顆石子一路敲擊石牆滾落，其他石子則直直朝地面落下。

我不厭其煩的重複好幾次。

挖著挖著，我心想乾脆專心挖石牆算了。我希望自己完全忽視小梢，但想也知道辦不到，到頭來只是變成一個埋頭猛挖石牆的紅耳怪人罷了。這下子，我跟DONO簡直沒兩樣，跟未來也沒兩樣！

小梢看著我。

我不必看小梢，也知道她一直注視著我的手。小梢的視線威力非凡，我清楚的想起她那雙輪廓朦朧的褐色眼眸。

耳朵千萬別變紅啊！我暗自祈求，但耳朵不聽話，變得愈來愈燙。我不希望她注意到我的耳朵，只好更用力扔出石子，根本是到處亂扔。

我鼓起勇氣望向小梢，她微微一笑。

光是這樣，就令我開心得差點跳起來。我更賣力挖起石牆，殺紅眼的亂撒一通。小梢似乎很喜歡看著石子用力彈跳，因此我乾脆站起來用力撒石子。

「喝啊！」

我發出怪聲，用盡了吃奶的力氣。我從來沒有這麼奮力扔石子，身體熱了起來，既然身體發熱，發紅的耳朵應該就不顯眼了吧？我心頭稍稍一寬，用力撒石子。

不久，小梢也站了起來。她確實比我高一個頭。我目不轉睛的望著小梢，因為我覺得既然她站起來，我就能光明正大看她了。

小梢學我挖起石牆，撿石子扔出去。她不像我是用單手扔，而是雙手捧起一堆石子，像擲鉛球的選手一樣扔到遠方。石子四散飛去，「啊！」小梢大叫了一聲。

我跟小梢不厭其煩的反覆扔了好幾次。

這就是小梢第一次**撒東西**的樣子。

✦

「你跟小梢感情好不好？」

我差點噎到。

我在吃鮪魚芝麻飯糰，這是老媽做的。明明吃得下營養午餐跟晚餐，早上卻只吃得下飯糰（而且僅限於有餡料的飯糰）。都升上高年級了，至少也該扒扒白飯，但我就是吞不下去。

「一點也不好。」

「笨蛋！你要對人家親切一點啦！」

老媽在我面前吃著味噌湯、白飯、別人送的滷海帶跟烤鮭魚，她的早餐簡直「大人味十足」。老媽一早就能連吃三碗飯，我覺得有點帥。

「阿慧，你應該跟人家感情很好吧？人家長得那麼可愛。」

剛起床的老爸戳戳我的頭。

「住手啦！」

「嘎哈哈！」

老爸見我開嗆，反而笑得更開心。

老爸一入座，老媽便放下碗筷，起身幫他泡義式濃縮咖啡。老爸早上只喝這個，為此還特地買了貴得嚇人的營業用義式咖啡機。

「這種東西連本館都沒有耶！你居然喝得比客人還高級！」

老媽看到這臺大機器送來家裡，氣得七竅生煙。不過罵歸罵，她還是每天早上幫老爸泡義式濃縮咖啡。明明只要放好杯子、咖啡粉再按按鈕就好，老爸連這都懶得弄。

「機器這麼貴，不喝夠本就虧大了！虧大了！」

而老媽也會倒入一堆牛奶跟砂糖，製作咖啡歐蕾。

早上老爸看電視時，老媽會將一杯義式濃縮咖啡端到他面前（而且是整套杯盤都附上）。老爸連「謝謝」也不說，只會怪應一聲：「呼嗯。」

我也討厭這樣的老爸。

早上的娛樂節目有個十七歲的女生，是選美比賽的冠軍。她穿著很短的裙子，笑得很燦爛。

「小梢以後應該會比她還可愛吧！」老爸說。

「畢竟她長得很像外國人嘛。」老媽答。

老爸跟老媽習慣看著電視喃喃自語。他們不會彼此交流，也不會喊對方的名字，還曾經透過我傳話（我也想看電視啊）。換句話說，老爸跟老媽不會面對面交談。

「午餐，撫子套餐十人份。過夜的客人有三組，分別是兩人、三人、四人，合計九個人。」老媽看著電視說道。

「呼嗯。」

老爸依然只會發出這種聽不出是答腔還是敷衍的聲音，就這樣。老爸抽完一根菸後隨即起身，而老媽也快快吃完早餐，接下來，他們會在我出門前，前往曉館。

升上五年級後，洗碗成了我的任務。

老媽習慣將食物掃得精光，因此碗盤很乾淨，反觀我的碗盤，明明只吃飯糰，卻沾了一堆飯粒，時間稍久，飯粒就會變硬。做成飯糰那麼好吃，落單的飯粒卻看起來慘兮兮，只會死黏在盤子上而已。

我將碗盤打溼，然後關掉水龍頭，將洗碗精擠在海綿上。我用力握緊海綿兩、三次，旋即產生泡泡，小小的泡泡時而飛舞。老媽告誡過我，搓洗碗盤時不要開著水龍頭。

「這樣太浪費啦。」

我扭開水龍頭，水柱嘩啦啦流下來。我將手放在水柱下，水花噴濺四方，殘留在水槽上。然而，水槽無法留住水滴太久，它最終還是會流入水管。

✦

從那之後，我跟小梢經常在常盤城見面。

我們還是不會一起回家，因此都是我先去石牆那兒，然後小梢再悄然現身。有幾天小梢沒來。她不會為了沒來而道歉，但也曾經連續三天都在同一時間報到。來不來端看她的心情而定，因此我變得很期待在常盤城見到她。說來窩囊，但我就是無法自拔。

小梢見到我，總是習慣說：「有了。」我很得意，得意得不得了。小梢剛剛在找我！一想到這兒，無論當天遇到多麼討厭的事，瞬間就變成美好的一天。

小梢總是理所當然的坐在我旁邊，津津有味的看著一成不變的景色。我也向她看齊，試著用全新的心情觀看村子，卻只看到四處冒出溫泉白煙的熟悉景象。

默默坐了一會兒，我又開始撒石子。每次都這樣。然後小梢也有樣學樣的撒起來。狂撒一番後，我們有一搭沒一搭的聊天。說是聊天，其實只是小梢發問，我回答，就這樣而已。

「可爾必思為什麼這麼好喝？」

「最酷的生物是什麼？」

「擁有多少錢才算是有錢人？」

小梢的問題都很無聊，無聊到我懷疑她「真的想問這種問題嗎」？即使如此，我仍然盡量說出我知道的（而且是用最低沉的聲音回答）。

「因為是可爾必思。」

「大概是蝙蝠吧。」

「一百萬。」

回答時，我回想起某天跟老爸一起看的老外國偵探片，那名偵探會用最有磁性的嗓音，道出最一針見血的話（電影中的女生多半被那個偵探迷得神魂顛倒）。

可是，小梢對我的「帥氣」根本不予理會。

她只是聽著我的答案，時而點點頭，然後又突然撒起石子。這人真的是莫名其妙。

小梢的手臂比我長，因此比我更能將石子扔到遠方，有時還直直砸中我的眼睛跟鼻子，不過我忍著沒出聲。帥氣的男子總是沉默寡言。

「啊！」

小梢驚呼連連，狂撒石子。到底有什麼好玩？我每次都很快就膩，一逕望著小梢撒石子撒到天荒地老。而現在，我想起了她那時的模樣。

教室中的小梢非常奇怪，老是一臉新奇的盯著某個東西瞧，不然就是突然用手指沾著粉筆灰舔食。班上同學們被小梢逗得發笑，小梢卻對大家的笑感到驚訝，於是大家又被她的表情逗笑了。

簡單說來，大家覺得小梢是個「怪女生」。

她曾經在上國語課時盯著數學課本，也曾經在體育課做暖身操時忽然停下來，望著天空發呆。小梢的一舉一動都是大家的焦點，而最能看出她奇怪之處的，就是撒東西。

小梢會撒操場的沙子。沙子隨風飄揚，砸向大家的身體。

小梢會灑水龍頭的水。水一接觸地面便成為黑影，倏然蒸發。

小石頭、果實、葉子、橡皮擦屑。

放眼所及，只要能撒的東西，小梢絕不放過。只要她和我一對上眼，我就會變得得意洋洋，甚至忘記那原本是我倆之間的小遊戲。

大家對小梢的行為很是驚訝，可是馬上就被她迷得團團轉。只要小梢做起來開心，無論那是什麼事情，大家都認為那是全世界最棒的事情。
「啊！」
我，我們，實在無法將視線從小梢身上移開。

✦

這陣子一直沒下雨。
「好像稍微戳一下就會下雨耶！」鵜鶘先生仰望天空說道。
「戳天空」這說法有點怪，但天空確實烏雲密布，而且看起來顫巍巍的，彷彿只要用針一戳，大雨就會嘩啦啦灑落。
「大概是雨滴還沒養好吧。」
鵜鶘先生講話都是這個調調。無論他聊什麼，語氣都像是談論自己的寶貝孩子。
我們的村莊四周滿是田地，若是缺雨，農民便苦不堪言，因此我們小學生專門負責做晴天娃娃，做完再倒掛起來。正掛晴天娃娃代表「祈求天晴」，倒掛則代表「祈求下雨」。

從小到大，我們做了不少手工藝。

記得第一次做手工藝，是在幼兒園裡跟大家一起製作鯉魚旗。說是「製作」，其實也只是在老師發下來的魚鱗形紙片上畫畫，然後貼在大型鯉魚旗上而已（這麼簡單的事情，大家還是搞得亂七八糟。比如阿正誤食糨糊吐出來，杏奈搞丟蠟筆後狂哭，諸如此類）。

我在魚鱗上畫了溫泉的白煙。當時我用白色蠟筆在藍色紙片上畫下團團煙霧，老師卻說「你在畫雲嗎？」我聽了超級不爽。

升上小學後，我們每年都會做一次神轎。每個年級各做一臺（也就是一班一臺），好在祭典中使用。

祭典在暑假中舉行。

我們這小小村莊的小小祭典，雖然參加的人不多，大家還是很熱中。簡直有點太熱中了。

說到祭典的重頭戲，大概就是將好不容易做好的神轎撞山那一刻。

從溫泉鄉的大馬路朝曉館的反方向直走，就能通往常盤城那座山。山腳下離地高約十公尺處有一座小廟（建造者不明），神轎是用來祭拜神明的，說是「祭拜」，其實就是抬轎撞小廟底下的土塊。

神轎的骨架是用木材製作的，每座神轎的款式都一樣。小學生們分別用保麗龍、紙箱、色紙或布來裝飾神轎，到頭來卻被抬去撞到稀巴爛，爛到骨架全毀，根本一點意義也沒有。說到底，先是叫小孩子用心裝飾神轎，然後隔天就把轎子撞爛，也未免太過分了吧？每年小孩們都親眼看著自己製作的神轎碎滿地看到哭出來。

抬轎撞山是成年男子的任務。木頭碎片亂噴很危險，所以我們小孩子頂多幫忙抬轎，最後只能在旁邊遠觀。

雖說是成年男子的任務，但國中生也能參與。在這村子裡，一旦能參與此項任務，就算得上是「成年男子的一分子」，那些裝模作樣的男生們巴不得早點轉大人，因此個個卯足了勁、熱中無比。

我討厭這項祭典。

這是多麼野蠻的祭典啊。破壞好不容易做好的東西，到底有什麼樂趣？

不僅如此，眾人還會在支離破碎的神轎上點火，當場火化。

熊熊火焰令男生們更加興奮，他們一邊大嚷著：「祭拜！」一邊把家裡的符咒或是廢椅子扔進火堆裡，真是野蠻。即使小孩哭了，他們依舊嬉鬧不休，有些人甚至醉倒在地，簡直跟猴子沒兩樣。

為什麼這村子的男生都是些蠢蛋？每次一想到祭典，我的心情就鬱悶起來。

✦

晴天娃娃是用家裡多餘的布做成的。

我請老媽幫我找來老爸不要的襯衫，本來以為襯衫夠白了，結果到學校跟孝太帶來的襯衫一比，根本黃到不行，窮酸到極點。

「阿慧也帶了襯衫？我老爸除了葬禮，根本不穿襯衫。」

孝太的老爸是園丁。

曉館這種小旅館，根本沒必要特地聘請園丁（因為全由鵜鶘先生一手包辦），但是像「時之屋」或「千松」這類有大院子的旅館，就會請園丁定期維護。

「可是，這件襯衫不是新的嗎？」

「嗯，前陣子才買的，但是村裡一直沒人過世也沒人結婚，結果老爸卻胖到穿不下了。」

孝太笑著說道。他很瘦，笑起來卻跟他老爸一模一樣。他們倆笑起來嘴巴有點歪，嚴肅時則皺起鼻頭。

「老爸很過分耶，居然說什麼『快點死幾個人好不好』，還說『等婚禮沒用，等葬禮比較快』，嘎哈哈！」

小時候，孝太的老爸曾帶我去上工好幾次。孝太的老爸修剪「千松」院子裡的大松樹時，我跟孝太負責幫他扶梯子、拿工具。起初我們很認真，不久就膩了，到頭來都在千松的大院子裡玩耍。

孝太的老爸話不多，可是人很好，我跟孝太在院子捉迷藏、看池塘裡的鯉魚時，他從來不發火。不過，一旦旅館員工從院子走廊經過，他就會故意大聲說：「喂，你們兩個乖一點！」

看起來，他其實一點都不生氣，只是故意做樣子給別人看而已。

孝太跟我笑著對彼此「噓！」一聲，接著繞到後院，而孝太的老爸依然沒有阻止我們。

千松有（比曉館大上許多的）大型露天浴池，以及必須事先預約的家庭浴池。露天浴池有竹籬笆圍著，從旅館這邊絕對看不到，但只要從後院繞過去，就能從縫隙輕易偷窺。

偷窺露天浴池成了我們必經的儀式，不只是我們，女生也是。只有我們這種年紀的小孩才會跑進千松後院，而大人也默許我們這麼做。

竹籬笆另一側有一堆脫光光的人。男浴池有雞雞長得活像融化蠟燭的老爺爺，也有身材好似游泳選手的大叔；女浴池有胸部大如西瓜的人，也有胸部垂到肚臍上緣的老婆婆。我們看得咯咯笑，大家身材各不相同，實在太有趣了。

某一天，大人突然禁止我們去千松的後院。那是去年的事情，我們剛滿十歲。不久，我們升上五年級，上了那可怕的性教育課程。起初我一頭霧水，但後來漸漸**懂了一些事**，不禁討厭起自己。想看裸體（尤其是女生的裸體），似乎成了一件很汙穢的事。

班上的男生有時會談起偷窺千松露天浴池的往事，「有些女人ㄋㄟㄋㄟ超大的」，而且故意笑得很猥褻。至於女生，則擺出一張臭臉，好像她們從未跟我們一起偷窺、取笑裸體似的。

我做著勞作，不知不覺間，開始盯著孝太看。當年的孝太應該比我矮才對。他身體消瘦，卻有顆大頭，有時看起來跟外星人沒兩樣。

孝太霹哩霹哩的撕開襯衫，聚精會神的製作晴天娃娃。他的鼻子果然皺起來了。鄰座的燈里不時調侃孝太，他笑得合不攏嘴，然後又故意粗聲粗氣的嚷著「閉嘴啦」，以掩飾害羞。對了，燈里曾經掀開裙子，讓我們看她的屁股。她的屁股白皙光滑，跟我們的屁股沒什麼差別，可是，在理應有小雞雞的地方，卻有條好像用奇異筆畫出來的裂縫，令大家驚呼。

我趁著小菅老師不注意，環視教室一圈。大家起初嚷著「好累喔」、「好麻煩喔」，到頭來還是認真做著晴天娃娃。

茉菜用粉紅色麥克筆在白色蕾絲布上畫圓點；杏奈用的是玫瑰圖案的布，簡直華麗到不行；弘樹帶來的是黃色毛巾，那是郊區公共浴池所販賣的百圓毛巾；阿純手很巧，所以在桌上擺出了各式各樣的小工具，剪刀、糨糊、筆、厚紙板。他還是老樣子，一旦埋頭做某件事，臉頰就會變紅。

此時的小梢，正在用剪刀剪一塊大布。

我突然覺得有點怪怪的。這一幕好熟悉，是在夢中見過？還是我真的在哪裡見過這一幕？

當然，這肯定是我初次目睹小梢剪布。畢竟她前陣子才搬來，而且至今從未做過晴天娃娃。小梢專心剪布的模樣，卻令我十分在意。真不可思議。我注視著小梢，想知道究竟是怎麼回事。

她眼睫毛好長。我從座位上就能看見她白淨的臉蛋浮著青筋，她認真操作剪刀，頭髮垂下來也不撥開。

「啊！」

我不禁驚呼。

小菅老師、阿正、孝太跟其他人都看著我。當然，小梢也不例外。這一瞬間，我和小梢四目相交。

「怎麼了？阿慧。」

小菅老師問道。剎那間，我耳朵發燙了。

「沒事。」

大家看了我一眼，很快又回頭做自己的事。現場鴉雀無聲，換成其他課根本不可能如此安靜。我真心慶幸這不是國語或數學課。

我假裝專心做勞作，瞥向小梢。她又直盯著我瞧，而且一臉納悶。

妳還敢擺出那種臉！

小梢埋頭剪裁的布，是深藍與淡黃綠色相間的條紋圖案。那是曉館客房的坐墊套。

✦

「妳為什麼帶那個來學校？」

放學後，我在石牆這兒生悶氣。

其實我不知道小梢會不會來，但若是來了，我非找她算帳不可。

「有了。」

我氣呼呼的等著，小梢果真現身了。我一見到她，差點又跟往常一樣眉開眼笑，好在忍了下來。小梢悠然走來，一派輕鬆的伸出兩條長腿，在石牆坐下。

「妳為什麼帶那個來學校？」

小梢似乎沒發現我生氣了。我真傻眼。

「那個？」

「坐墊套。那是客房的坐墊套吧？」

小梢的晴天娃娃是深藍與淡黃綠色相間的條紋圖案，並貼上兩顆大石子當作眼睛。石子為橢圓形，非常大顆，大家都笑它看起來像外星人，但小梢似乎很滿意。

我就近觀察過小梢的晴天娃娃。沒錯，布摸起來有粗糙的編織紋，這絕對是曉館客房的坐墊套。

「坐墊套？」

看來小梢決定裝蒜到底。

「那是坐墊套對吧。那尊晴天娃娃的布。」

「晴天娃娃？」

「就是美勞課的作業啊。妳用的是我們家的坐墊套吧？」

小梢沉思片刻，然後似乎終於想起來了。

「原來那叫做坐墊套呀。」

「對、對啊。」

我一時激動，不小心吃了螺絲。

「而且那是客房的坐墊套吧？妳偷拿了？如果老媽知道會罵妳耶。」

「不是我啦。」

我火冒三丈，實在受不了小梢那副滿不在乎的態度。

「那妳說，是誰做的！」

「我說需要布，媽媽就給我布了。」

小梢的「媽媽」聽起來像「ㄇ啊ㄇ啊」，很不自然。

「妳媽？」

「對，我說需要布，她就給我了。」

「從客房拿來的？」

「不知道。反正是她給我的。」

我啞口無言。

如果真的是小梢的媽媽偷的，事情可大了。她話不多，但手腳勤快，所以老媽對小梢的媽媽讚譽有加。可是，萬一她偷了客房的坐墊套（而且看起來很漂亮，應該是新的），老媽恐怕就不會原諒她了。

明明逼問的人是我，一聽到小梢輕易爆料，我反倒恨起她來。真想問問她，妳怎麼可以隨便「出賣」自己的媽媽？

「真的是妳媽媽拿來的？」我抱著一絲希望問道。

與其如此，我寧願小梢說是自己偷的。如果小偷是小梢，老媽應該只會嚴厲告誡她「不可以這樣」。雖然小梢看起來是個小大人，畢竟是小學生。她只是個五年級生。

然而天不從人願，小梢乾脆的說道：「我媽媽拿來，我就用啦。」

我媽媽拿來，我就用啦。

此時，我忽然覺得小梢好可怕。她就像一個沒有心的人偶。她白皙透亮的肌膚、濃密的睫毛、修長的雙腿，頓時變得好冰冷、好殘暴。

「……不行啦。」

我只說得出這句話。真是窩囊到不行。我嚇得腿軟，因為小梢的媽媽偷了客房的坐墊套，而且小梢對此滿不在乎。

「不行？」

小梢端詳著我。她那雙顏色淡如彈珠的眼睛，怎麼看都像人偶的眼珠，我突然不懂為什麼大家都說小梢漂亮了（明明以前我也覺得她很漂亮）。

「不行啦。」

不知不覺間，我又開始摸索石子。每天挖來挖去，搞得石牆比小梢剛搬來時崩塌許多。我用摸的就知道了。

「不能拿客房的坐墊套？」

「……是妳拿的吧？快告訴我啊。」

「我就說是媽媽拿來的嘛。」

是媽媽拿來的。

「我會告訴媽媽，不能拿走客房的坐墊套。」

石牆脆弱的崩塌。掉下來的石子，一顆顆砸在我的小腿上。我剛才似乎打了個哆嗦。

「……不只坐墊套。」

「不只坐墊套。」

「旅館的用品全都不能拿走。」

「用品。」

「像是坐墊啦、茶壺啦、牙刷、坐墊套，全都不能拿走。」

「嗯。」

小梢沒有避開我的視線。她看起來不像後悔，也不像難過，只是一副「你到底在激動什麼」的樣子。不知為何，我有點想哭。

「當媽媽的人，怎麼會連這個都不懂？應該是由媽媽來對小孩說『不可以這樣做』才對啊。」

算了吧！想歸想，我還是忍不住抓緊石牆。石牆在我指間逐漸崩塌。

「媽媽她什麼都不懂。」小梢斬釘截鐵說道。

「畢竟這是第一次嘛。」

「第一次?」

「對。」

小梢的手指不安分的動來動去，她一定是想撒石子。說一套做一套，看了真不舒服。這時，我覺得小梢腦袋肯定有問題。

「什麼?」

「什麼『什麼』?」

「什麼第一次?」

「這是她第一次當媽媽呀。」

說到這兒，小梢似乎再也忍不住，抓起石子撒出去。啪！石子應聲散落在小梢腳邊。最近她撒東西的功力簡直堪稱職業等級（假如真有這種職業的話）。

「第一次當媽媽?妳在說什麼啊，每個人，呃，都是第一次當媽媽吧?」

我腦袋一片混亂，根本不知道自己在說什麼。

「她本來不是媽媽。」

「咦?」

「阿慧你看嘛，你媽媽生下你後，就自動變成媽媽了吧？」

「妳在說什麼啊。」

「我的媽媽本來不是媽媽呀。」

我的喉嚨發出「咕」一聲。

此時，我想起她們倆長得完全不像。

媽媽不是媽媽。

換句話說，小梢跟她媽媽沒有血緣關係？不是她親生母親？

「抱歉。」

我不自覺脫口而出。緊接著，羞愧得無地自容。

說什麼抱歉！

難道沒有其他話好說嗎？不，光是想找「其他話來說」，就證明我是個討厭鬼。

我也說不上來，反正就是個討厭鬼。

「抱歉？為什麼？」

小梢沒有生氣，也不像是強顏歡笑。她雙手滿滿都是石子，看準風向撒出去。石子在陽光下閃閃發光，好似小梢前陣子灑的自來水。

「……」

我無言以對。小梢沒有責怪我，只是一逕撒石子。

腳邊的石子似乎不夠撒了，於是小梢站起來，埋頭搜刮石牆上的石子跟沙子。她跪著攤開雙臂掃光石子（活像推土機似的），最後收集了一座跟她的頭差不多大的石子山。

「小梢，這哪裡好玩？」

小梢沒有答腔。我知道她沒有生氣，只是無法分心。她雙手抱滿懷的石子山，終於搬到了石牆邊。石子山不時掉下沙子，待在下風處的我不得不站起來。

小梢喜孜孜的將手上的東西拋到遠方。沙！許多石子沙子隨風飛舞，「啊——！」小梢興奮大叫。她簡直跟猴子沒兩樣。可是，我從來沒見過如此美麗的猴子。

「啊——！」

我以為避開了，不料左眼還是進了沙。眼睛用力一閉，隨即泛淚。我覺得好不甘心，所以問了：「到底哪裡好玩？」

小梢拍拍手上的沙子。

「為什麼妳什麼都要撒？哪裡好玩？」

「很快樂啊。看它們這樣掉下去，被風吹走。」

「哪裡好玩？」

「不知道。到底哪裡好玩呢！」

「什麼跟什麼啊！」

「可是很快樂呀。對我們來說，很快樂！」

「我們？」

我忍不住揉揉左眼，眼皮內側開始刺痛。我乾脆兩手一起揉，但還是很痛，睜眼一看，小梢竟站在我面前。

「你眼睛痛嗎？」

我還來不及回話，小梢的舌頭已近在眼前。

她舔了我的左眼。舔了一次後，她用手指按著我的眼皮，挺出舌尖。這回，她不是用舔的，而是用舌頭戳戳眼皮內側，好似針刺。

我嚇得發不出聲。眼皮內側被小梢舔得涼涼的。

小梢就這樣伸著舌頭，任風吹乾。她的舌頭紅得誇張，割開肯定會噴出一堆血。不知為何，我想起烏雲密布卻遲遲不下雨的天空。換句話說，小梢的舌頭**似乎正醞釀著什麼**。

她收回舌頭，面向著我。她又擺出一副遇見陌生人的表情。

「『我們』是誰？」我好不容易擠出聲音。

「你想知道嗎？」她說。

左眼的沙子好像不見了。我睜開眼睛，不痛了。可是，其他地方卻痛了起來。好刺痛。我不知道到底哪裡痛，但真的好痛。

「我從來沒告訴任何人。」

小梢湊過來。我再度閉上雙眼，閉得緊緊的。

✦

天空突然下雨了。

這是倒掛的晴天娃娃的功勞嗎？還是有人拿針刺天空？總之，大家看到下雨都很高興，但雨一下就下得沒完沒了，到時候又會讓人心煩起來。

雨水將晴天娃娃打溼，伴隨強風，還會吹斷繩子，沖走晴天娃娃。

我做的那個超普通的晴天娃娃逃過一劫，但小梢的外星人晴天娃娃——大概是坐墊套質料跟石子眼珠太重的關係，很快就被吹斷、沖走，只是她好像一點都不在意。

下雨天不能在外面朗讀漫畫，DONO似乎覺得很無聊。只見他穿著堅固耐用的成套雨衣（這牌好像叫做GORE-TEX，DONO簡直拿來當寶。不用說，我覺得煩死了），無所事事的在校門口閒晃。

大家見DONO沒帶漫畫，沒人想理他。他不時偷瞄我們，看起來怯生生的。少了漫畫的DONO，只有一個慘字可言。明明不需要特地來學校，他卻每每跑來，痴痴等著別人跟他說話。

「DONO，掰啦！」

孝太對DONO說道。

只有孝太會向沒帶漫畫的DONO打招呼。當然，他不會跟DONO一起玩，但還是會好好跟他打招呼，我覺得孝太人真的很好。小菅老師也常常稱讚孝太。

「大家也要好好跟DONO打招呼喔！」

小菅老師也會對DONO講一樣的話。

「DONO也是，要跟大家打招呼！」

對了，其實小菅老師跟DONO曾經是同學！

大家曾經問小菅老師，DONO小時候是什麼樣的人。

「他跑得很快，又很搞笑，人緣很好喔！」

想也知道，沒人相信小菅老師的話。

那個DONO人緣好？怎麼可能！

「那現在為什麼變這副德性？」

「對啊，超噁心的！」

「就是說嘛，真的很噁心耶！」

如果我是DONO，大概會想一頭撞死。女生果然很殘忍。明明被罵的人不是我，我卻覺得心好痛。

「別說他噁心，大人有很多苦衷的。」

大人有很多苦衷。

小菅老師常把這句話掛在嘴邊。很多苦衷。

根據君江阿姨的「情報」，DONO的「很多苦衷」就是高中念到一半就不去了，從此每天看漫畫，然後愈來愈胖。我不知道為什麼他不去上學，只知道他上的學校從村子搭電車要花上一小時半。高中放榜時，他很高興，也很自豪。

我不想知道DONO到底發生什麼事，也沒興趣知道。從我認識他起，他就是那個DONO。那個胖到不行、只有小學生會理他、矬到爆的DONO。

雨變大了。即使撐著傘，身上也一定會有地方被雨水打溼。

「DONO。」

我試著微微出聲。可是DONO沒聽見。

「DONO。」

穿著灰色雨衣的DONO看起來好悲傷，宛如巨大的岩石。

我開始跟小梢一起回家了。

千萬別誤會！我是有正當理由的！

我之所以決定跟小梢一起回家，起因於石牆那件事情。

舔過我的左眼後，小梢說：「我從來沒告訴任何人」，接著又一臉正經的說：

「我是從某個星球來的。」

「嗄？」我驚呼一聲。

「妳在鬼扯什麼。」

我有點生氣。

以下，就由我簡單統整小梢說的話。

小梢是從土星附近（雖然說「近」，其實遠到我無法想像）的某個星球搭太空船來的（「就是飛碟啦。」小梢說，**她真的這麼說**）。

小梢的「媽媽」不是媽媽，而是跟她同星球的生命體。小梢的星球沒有年齡的概念，生命體會永遠存活下去。後來，生命體的數量突然爆增，因此他們開始考慮選擇「死亡」。可是，沒有人知道「死亡」為何物，所以她們才來地球觀摩。一旦理解死亡並真心接受（假設他們有心），她們就會選擇「死亡」。

小梢之所以是「小梢」，純屬巧合。小梢他們並沒有選擇外表的權利，而是基於某種我不了解的手法成為現在的樣子，「我不知道該怎麼解釋那種手法。」小梢說。究竟會與幾歲、什麼樣的人「同步」（容我再次強調，她真的這麼說），連小梢都不知道。小梢只是偶然跟「小梢」同步，然後就變成這副模樣了。

用膝蓋想也知道，我一丁點也不相信她的話。怎麼可能信嘛？說到底，她的話實在太多破綻了。

例如我問：「那妳本來長什麼樣子？」

「你看過我的晴天娃娃吧？」她說：「我長得沒那麼有趣，而是更硬、更結實。」

說謊不打草稿。

我認為小梢一定是覺得偷坐墊套很可恥，才會強調自己有多麼特別，以求我原諒她。

小學二年級時，學校有個叫做鈴宮類的三年級男生。他也是說謊大王。

有一天，阿類說他家的陽臺有一座通向天空的階梯。

「我試著爬到一半，可是根本不知道階梯會通向哪裡，就害怕的下來了。」

我們趁著假日去阿類家參觀。從村子去他家必須越過一座山，對小孩而言跟探險沒兩樣。我們覺得一定是因為這樣，阿類才會一時大意，扯下那種謊。

果不其然，阿類家的陽臺根本沒有階梯，只是一座平凡無奇的陽臺。

「白天沒有階梯，晚上才會浮上來啦！」

他臉紅脖子粗的拚命辯解，我們傻眼到連生氣的力氣都沒有。真是難看透了。

除此之外，阿類也說過很多其他的謊言，每個謊都很無聊，兩、三下就被人揭穿。由於他實在太愛說謊，終於惹怒阿良，討來一頓打。阿類一邊被揍，一邊還哭著說：「給我記住，我養了一隻很大的老虎，小心下次我叫牠咬你！」

阿良聽完，又揍了阿類一頓。

阿類真可悲。太可悲了。

現在，阿類幾乎不來上學。他整天待在家裡，似乎變得很胖。簡直跟DONO一模一樣（難道不上學就會變胖嗎）。

我一點都不希望小梢撒謊，更何況是那種譁眾取寵的無聊謊言。

來自某個星球？搭飛碟來的？永遠不會死？

只有幼兒園小鬼才會撒這種白痴謊言！

說到底，小梢根本不需要靠著撒謊吸引他人。她的存在本身就是大家注目的焦點，無論她做什麼，大家都覺得無限迷人。小梢跟阿類天差地別。我不希望她做出跟阿類一樣的事情。

因此，我才決定要看好小梢，免得她又亂講話！

✦

「你聽了別嚇到。」

未來到處晃來晃去。

或許他是看到我們一群小孩聚在一起，所以感到很興奮。居然同時冒出這麼多自己的「過去」，未來這會兒有得忙了。

「我就是你的未來。」

學校強制全校學生一起掃水溝。我們學校不大，打掃範圍也很小，所以每個人需要做的事情並不多。閒閒沒事幹的學生乾脆玩起扔泥巴大戰，每每惹得老師破口大罵。

不用說，當中玩得最瘋的人就是小梢。只見她興致高昂的看著泥巴在馬路上灑出類似墨跡測驗[6]的圖案，然後又扔出泥球。

「喂，小梢，認真打掃！」

「我就是你的未來。」

小菅老師張口大罵，而未來則在他旁邊一一向每個同學打招呼，簡直跟慰勞同學的校長沒兩樣。真正的校長，正蹲在一年級的打掃區域，跟我們一樣在打掃水溝呢。

「我就是你的未來。」

沒有人理會未來。甚至連低年級生，也不再害怕未來了。

「白痴！」

「閃邊去！」

大人常說「這年頭的年輕人啊……」，其實我們也一樣感嘆：「這年頭的低年級生啊……」因為我們低年級時並沒有那樣。我們更怕未來，還會驚慌的大嚷：「不會吧！」換句話說，以前我們把未來看在眼裡。

「你聽了別嚇到。」
「未來，不好意思，能不能借過一下？」
小菅老師推推未來的肩膀。連老師都不叫未來的本名。
「我就是你的未來。」
我將鏟子裡的泥巴倒進水桶。泥巴的味道不算臭。
「逢人就說未來未來，豈不是搞得我們所有人都變成了『未來』嗎？對吧？」
阿正在我身旁邊嘀咕邊打掃。低年級時，阿正最怕未來了。
「不要啦——！」
當時他大吵大鬧，令我們頭痛不已。無論大人如何安慰他、說那都是假的，他還是哭個不停。
「說起來，為什麼他連女生都不放過，認為自己是女生的未來？搞什麼，白痴死了。」

6　又稱為羅夏克墨漬測驗（Rorschach test），為人格測驗的投射技術之一。

阿正至今還為此事發牢騷，我猜是因為他還有點害怕。他假裝若無其事的講未來的壞話，因為假如嘴裡不念上幾句，他就會怕起來。他還是不相信，其實未來講的話真的只是鬼扯而已。

阿正個子很小。我個子也算小，但阿正看起來似乎跟低年級時沒什麼兩樣。他的臉頰跟以前一樣乾巴巴，咬指甲的老習慣也還在。像現在，他也咬著卡了泥巴的指甲，一邊說著：「噁！」

「欸，男生！」

那是水稀的聲音。

明明是對著玩泥巴戰的弘樹跟阿純喊，水稀卻統稱為「男生」（最近她老愛這樣）。「男生好蠢」、「男生好吵」、「男生好噁心」，對水稀而言，乖乖打掃的我跟幫四年級生掃水溝的孝太（因為四年級生人數比較少），全都概括在那句「欸，男生！」之中。

「欸，男生！」

阿純故意學水稀。明明做這種事只會再度惹水稀生氣，他就是學不乖。

「嗄？幹麼？」

水稀比阿純高，所以她一靠近，阿純就得抬頭看她。水稀從小就是高個子，但最近又長高了。

「幹麼啦！」

阿純是不是覺得抬頭看水稀很可恥？他拚命虛張聲勢。

「幹麼啦，你有病嗎！」

「閉嘴啦，大姨媽！」

水稀滿面通紅，因為她最近也開始帶「那個化妝包」了。我看著氣到發抖的水稀，心想：「她會哭嗎？」但她沒有哭。只見她深呼吸，湊近阿純。

「矮冬瓜！」

這回換阿純面紅耳赤了。他最在意自己個子矮。說起來，班上幾乎沒有男生比水稀高，所以那句話等於是嗆到所有的「欸，男生！」。

「比女生矮的男生最矬了！」

男生全都沉默了。小菅老師聽著他們鬥嘴，卻沒有出聲制止。

「水稀，算了啦！男生都是白痴！」杏奈喊道。

「也對啦，男生真的超級白痴！」

水稀今天也帶著那個化妝包嗎？

她蹲著背對我們，小褲褲有點走光。我馬上別過頭，但已經清楚看見她穿的藍底白色圓點了。

水稀的小褲褲，我從小就看過好幾次。幼兒園時，水稀常尿褲子。她是有話不敢直說的小孩，吞吞吐吐半天說不出口，下場就是哭出來兼尿褲子。幼兒園有水稀專用的替換用小褲褲，好幾次都是由我拿小褲褲給哭得一把鼻涕、一把眼淚的水稀。

升上小學後，水稀突然變得活潑外向、個子長高，也不尿褲子了。更重要的是，她再也不哭了。

「喂，阿慧，水稀露小褲褲了。」

阿正對我咬耳朵。我裝作沒聽見。

「你看，是圓點耶。」

阿正還不死心，戳了我幾下。瞧他剛才還怕未來怕得要死呢。他對這部分特別眼尖，發現茉菜大姨媽來的人也是阿正，察覺香澄戴胸罩的人也是他。

「圓點耶。」

真希望他饒了我，吵死了。我故意將剷起來的泥巴潑向阿正。

「哇！幹麼啦，阿慧！」

飛濺的泥巴沾到阿正的腳。

「很髒耶！」

「抱歉。」我悄聲說道。水稀望向我。拜託妳把小褲褲遮好，我暗自吐槽。拜託妳不要拿奇怪的化妝包。

「好，要沖水嘍！」

小菅老師拿著水管，沖洗打掃乾淨的水溝。孝太衝過去將水龍頭轉到底，水管猛然噴出一道水柱。

「喂，孝太！水別開那麼大！」

嘴上那麼說，其實小菅老師看起來有點開心。他捏住水管前端，擴大水柱的範圍。說穿了，小菅老師也是蠢男生。

「哇！」

「老師，好冰喔！」

水花四濺，灑得我們驚叫連連。

「老師，不要噴了！頭髮會溼掉啦！」

女生們抱頭鼠竄，至於小梢，當然是文風不動。她喜孜孜的看著水灑向四方。

「有彩虹！」

孝太大叫。水管前方出現一道小小的彩虹。

「哇啊！」

大家聚集在彩虹四周，小梢也來了。不過，她看的一定不是彩虹。她注視著水，目不轉睛的望著水花滴落的過程。

暑假快到了。

✦

曉館前方停著一輛救護車。

我跟小梢剛從休業式回來。

「部」房門大開，那是君江阿姨的房間。

南阿姨、吉住阿姨、住宿員工以外的工作人員及客人，全都圍在「部」門口。叫救護車的人是南阿姨。上班時間到了，君江阿姨卻遲遲沒出現，她擔心的過來查看，竟發現君江阿姨倒在房間裡。

救護車閃著紅燈，卻沒有響起警鈴。當時我不懂為什麼救護車如此安靜，後來才知道是南阿姨拜託救護人員關掉鈴聲，因為她不希望事情鬧大。可是，閃著紅燈卻沒有鈴聲的救護車，反而令我們更加不安。

救護人員陸續進房，用擔架將君江阿姨抬出去。君江阿姨閉著眼睛，嘴巴微張，看起來跟睡著沒兩樣。

老媽負責陪君江阿姨去醫院，她連衣服都沒換，穿著和服就上救護車了。我有點羨慕老媽能搭救護車，但我知道自己不應該這麼想。

「好了，大家回去工作！」

救護車走遠後，鵜鶘先生大聲吆喝。

「今天也要加油喔！」

大家的語氣異常開朗。這種明顯不自然的「開朗」，我以前也見識過。

那就是老爸「搞外遇」被抓到的時候。

老媽工作效率超級高，老爸削蘿蔔皮又快又好。相較於兩人的暗潮洶湧，大夥兒則是變得超級有幹勁。不需要大聲的時候大聲，一舉一動都充滿戲劇性，招呼客人比以往加倍熱情。

「請進請進請進！」

當中最誇張的，就是他們對我的態度。根本是直接把善意砸在我臉上。

「阿慧，在學校過得怎樣？開心嗎？」

「阿慧，喏，想吃橘子嗎？」

「阿慧，過來，我幫你梳頭！」

我羞恥到想找個地洞鑽進去。

老爸「搞外遇」了。

光是這樣就夠可恥了，但更令我受不了的是：大家覺得心中受了傷的我「很可憐」。

老爸「搞外遇」的事情傳遍整個村莊，因此我不得不跟全村子的「善意」對抗，簡直是生不如死。

現在曉館的人，就跟當時一樣不自然。

鵜鶘先生竟然捲起了袖子，準備打掃乾淨得要命的後院。員工阿姨們則是互相拍肩，吆喝道：「上工嘍！」

大家的「熱血幹勁」，我實在看不下去。我覺得他們愈是來勁，愈容易害君江阿姨一病不起。就像那時害我心情更鬱悶一樣。

君江阿姨患的是眩暈症。患者會突然感到強烈暈眩，甚至昏倒。老媽說，君江阿姨得暫時住院一陣子。

「她一定是累了。」南阿姨說。

「對呀，君江姊也不年輕了。」吉住阿姨說。

連我都看得出來，君江阿姨不年輕了。與其叫她君江阿姨，倒不如說她比較像君江婆婆（有時像君江爺爺），我常常看到她捶打腰部，痛苦的呻吟。

然而，一旦連大人都認定她不年輕，她似乎就真的急速邁入了老化階段。被眩暈症逮住的君江阿姨，彷彿連此時此刻，都逐漸變得愈來愈像老婆婆。

我的指尖蠢蠢欲動。

想著逐漸老化的君江阿姨，不禁令我聯想起在我手下崩塌的常盤城。另一方面，我也討厭自己有這種想法，怎麼能把老朽不堪的常盤城跟阿姨相提並論呢？

到頭來，君江阿姨只住院了兩天。

出院後，她暫時休假了一陣子。她說光是站著就頭暈目眩，只好整天躺著休息。

「住在宿舍沒辦法靜養吧，要不要回北海道好好休息？」

老媽好說歹說，君江阿姨還是堅持不回鄉，而北海道家鄉的孩子們也沒來探望她。沒有人詢問緣由，我想當中一定有「很多苦衷」吧。

君江阿姨決定暫且住在伊呂波莊休養。

老媽跟其他阿姨負責為君江阿姨送飯，而我跟小梢則偶爾陪她散步。阿姨說這是「快樂的復健」。說是復健，其實也只是在曉館的小院子慢慢繞圈而已。即使散步時間很短，阿姨還是常常累得坐下來。

「不要太勉強自己喔！」

老媽有時會從曉館來探望君江阿姨，她總是一臉愧疚。有時候，她會看著我流下淚水。

「阿慧，你媽媽真的是個好老闆。」

我害羞得不知該說什麼才好。自己的媽媽是個好人，令我很不好意思；她人緣好，也令我感到不好意思。但究竟為什麼難為情，連我自己都不知道。

君江阿姨的手又大又硬，活像個男人，但我知道她的手偶爾會失去力氣。我心頭一驚，但不敢表現在臉上。畢竟牽著她另一隻手的小梢還是一臉淡然，而且我也不想讓阿姨看到那種表情。

我變得很會裝出撲克臉。

✦

天氣再熱，到了傍晚也會起風。

潑過水的馬路產生水蒸氣，令景象變得扭曲。明明已是日落，我卻覺得時光彷彿倒流了。這種時候，我總是有點惆悵。為什麼呢？

我跟小梢走向常盤城。

此事自然而然變成了我們每天的習慣。我不想遇見其他人，因此特地走小路。這是山間小徑，我很擔心粗莖的草或樹根會弄傷小梢美麗的腳，但我還是沒有改變路徑。

小梢默默的跟上來。

她不在意高至肩膀的草，也不在意擋路的大杉樹根。小梢似乎很開心，她開心，我就開心。換句話說，我這個「監管人」簡直失職。

我每天都走這條路，但是沿路昏暗，所以一到空曠的地方，我總是差點驚呼。石牆另一端是一望無際的天空，強風迎面吹來，夕陽好刺眼，視野頓時一暗。

我們坐在石牆上。這兒沒有遮蔭，很熱，但我們還是沒有移動。也因為如此，才放暑假短短十天，我們就晒得像黑炭。小梢跟班上的女生不同，不在意晒黑。

「原來顏色會差這麼多呀。」

小梢比較自己的手臂跟大腿內側。她的纖細手臂比我的手臂還黑，但大腿內側白得驚人，令我不敢直視。

「欸，顏色會愈來愈黑嗎？」

「不會啊。就算變黑，一到冬天就白回來了。」

「白回來！」

小梢又說謊了。不，應該說她「一直在說謊」。

「在我們星球上，顏色是不會改變的。」

小梢強調自己是外星人。不，她現在也不算是強調，而是當成家常便飯似的聊起「自己的星球」，我也樂於配合她的話題。這段時間，是我難得能跟村莊中人氣最高的小梢獨處的寶貴時光。

「小梢，妳的身體真的是那樣子？跟晴天娃娃差不多？」

「我不是說過嗎？長得沒那麼有趣，但大概就是那樣。更硬、更結實，大家都是。」

「大家？」

「嗯。大家都是由同樣的東西做成的。」

「同樣的東西？」

「都是由同樣的粒子集合而成。」

「粒子？」

「對，都是由很小很小的粒子組成的。我們的粒子永遠不會改變。」

「永遠？」

「粒子不會變，所以我們永遠不會崩毀。在我們星球上，永遠都是那樣。永永遠遠只有我們。」

小梢的話好難懂。雖然我知道她在說謊，但說得如此流利，倒令我暗自佩服起來。

「為什麼？」

「什麼為什麼？」

「為什麼粒子不會變？」

「接下來我要說的話，你可能不會相信。」

事到如今還強調這點？我仔細打量小梢。她身上依然沒有一丁點說謊者特有的心虛，看起來一本正經。

「阿慧，你也是由粒子組成的。」

「我也是？」

「對。粒子集合在一起，組成了你。就像這座石牆，一大堆石子組合在一起，集結成形。可是，粒子會逐漸改變，所以你會變老、樹木會乾枯、建築物會崩塌。」

「妳的意思是，我跟樹木、石牆是由同樣的粒子組成的？」

「沒錯。肉眼看不見的微小粒子，大家都一樣喔。我們都是由同樣的粒子組成的。」

「這也太離譜了吧。」

「阿慧，你的粒子會時而變多、時而減少。你能長大成人，就是因為捨棄自己的粒子，再獲得其他粒子。」

「獲得其他粒子？」

「對。你跟地球上的萬物，都是靠著互相贈與粒子而活。你們互相贈與不斷變化的粒子。」

我不自覺望向自己的手臂。我這雙黝黑得發亮的手，跟老朽不堪的石牆是由同樣的粒子組成的？我才不信呢。

石牆把粒子給了我？

我把粒子給了石牆？

「你身上的粒子，一直不斷變化。」
「不斷變化？」
「對。因為你身上的粒子不斷變化，所以總有一天，它們全都會被換掉。」
「換掉？」
「你會脫胎換骨，變成全新的你。」
「全新的我……」
「可是呀，我們跟你們不一樣，是由永遠不會改變的粒子做成的，所以一生都是這樣。」
「做成的？小梢，你們是被製造出來的？」
「對。」
「誰做的？」
「一定是渴求永遠的某個存在。討厭崩壞、死亡，希望自己永遠不變，所以才會做出永遠不會崩壞的自己，以及永遠不變的世界。說不定，」小梢輕輕吐了口氣。
「就是人類。」

明明什麼都沒做，不知為何，我卻覺得好像有點過意不去。

「或許人類創造出了永遠。」

小梢的話比孝太痴迷的科幻電影還難懂，也比女生們熱中的占卜更奇妙。我不再認為小梢在鬼扯，反而聽得入迷。

「小梢，妳不是說過，自己星球上的生命體增加了嗎？」

「嗯。」

「為什麼？」

「因為隕石掉下來了。隕石的粒子對我們星球造成影響，導致新的我們誕生。我們數量愈來愈多，卻又不贈與任何粒子，所以秩序愈來愈亂。因此，有些生命體必須消滅，我們必須放棄自己的粒子，才能永久維護星球的運作。」

小梢講話時不像經過思考，也不像是故意吸引我的注意。她不是擅長念書的學生，我看過好幾次她問其他女生功課。我總覺得，她現在所說的話，跟學校教的知識一點關係都沒有。

「什麼跟什麼啊……」

而我，總是像這樣鬧彆扭。我覺得好像被小梢拋下來了。換句話說，我很寂寞。我知道這種想法很蠢，但我就是希望小梢能好好看著我，說一些我聽得懂的話。就算是謊話也沒關係。

「聽不懂嗎？」

「不懂啦。」

「是喔。」

「小梢，妳真的長得跟你們星球上的人一模一樣？」

「對啊，大家都長得一樣。」

「你們不會改變外型，也不會變老？」

「不會。」

我想像了一下那種世界。我跟茉菜、阿良、阿正、孝太的身體都不會改變，而且永遠不變。在那個世界裡，我們不會變得像DONO，也不會像未來跟君江阿姨。

「好像有點令人羨慕耶。」

小梢沒有聽見我的呢喃。她面向天空，似乎在尋找什麼。每當小梢看著其他地方，總令我心神不寧。

「那妳現在的身體是誰的？」

「這個？之前不是說過嗎，這是地球女生的身體，她也叫小梢。」

「真的有小梢這個人？」

「是呀。」

「妳借了她的身體？」

「對，我跟她同步了。」

「同步……」

「沒錯。」

「那、那，那個女生怎麼了？真正的小梢呢？」

「死了。」

「咦？」

「我們只能跟死人的身體同步。」

我大吃一驚。小梢定定看著我。

「死了？」

我的聲音微微發顫。我覺得好丟臉，於是閉上了嘴。

鬼扯。

小梢說的全是鬼扯。我幹麼嚇成這樣？難看死了。

「夠了……」

我不想聽了。再聽下去，腦袋會出問題。

可是天不從人願，到頭來，我還是每天都想聽小梢說話。小梢淡然說出的那些話，竟縈繞在我心頭，久久不散。我想聽小梢說那些事，想聽得不得了，於是忍不住又問了同樣的問題。

真不甘心。

不知不覺間，小梢站起身來，又撒起石子。她躍下石牆，收集樹葉、雜草、各式各樣的東西，然後又特地爬上石牆，往下一撒。

「這到底哪裡好玩？」

我坐著凝視小梢。輕盈的雜草被風吹遠，沉重的石頭落在近處。所有的東西都落定後，萬籟俱寂。

「為什麼你覺得羨慕？」

小梢回過頭來。

「咦？」

「剛才你不是說很羨慕嗎？」

我以為她沒聽見呢。

小梢站著望向我。垂在兩旁的手掌還沾著一些沙，沙粒時而滾落。腦中突然浮現粒子。小梢談到的粒子，不知怎的，在腦海中揮之不去。

我們都是由同樣的粒子組成的。

小梢見我不說話，又開始撒起東西。儘管有點失望，另一方面，我也鬆了口氣。

我不知道自己究竟想聽小梢說什麼。最近我老是這樣。

我連自己在想什麼都不知道。一點都搞不懂自己。

✦

放了暑假，不代表就能輕鬆休息了。

每年暑假都必須準備夏季祭典的神轎，就是那個忙了老半天還是得把神轎撞得稀巴爛的祭典！

做神轎是重大活動，全校都將全副心力投入其中。

說是「全校」，其實低年級生都是小鬼頭，根本幫不上忙。因此高年級生必須照顧低年級生，比如幫他們完成困難或危險的部分，或是小孩子吵架時出來勸架。

我們低年級時，阿良幫了我們很多忙。必須使用美工刀的危險部分全由他負責，他也教我們如何刷油漆。

神轎的大致骨架由鵜鶘先生、我老爸跟孝太的爸爸他們合力完成，也就是村裡的大人幾乎都到齊了。DONO也在，可是他超級手拙，動不動就抱怨「被刺扎到了」、「鋸子生鏽了」，其他大人只好叫他「乖乖在旁邊看」。DONO也是「大人」的一分子，可是沒人當他是大人，真是矬爆了。

做完神轎的宮廟部分並加上轎槓後，大人的任務就結束了。換句話說，大人將神轎的木頭骨架交給我們，接下來我們只要上色、裝飾就好。

除了老師，其他大人禁止觀看我們做神轎。剩下的任務都是由小孩完成。

我們花了好幾小時才決定神轎的風格。首先，大家在老師發下來的白紙上畫出自己想要的神轎，畫什麼都行，比如有人的神轎屋頂積了綿綿白雪，有人的神轎有窗戶，也有人完全不管神轎的骨架設定，想畫什麼就畫什麼（例如把神轎畫成五重塔的阿純）。

然而，老師從不對大家的點子發表意見，什麼「不能那樣畫」啦，「不可以無視骨架」啦，他不說那些一般老師喜歡說的話，只是收齊大家的圖畫紙，在黑板上寫下每個人的點子，然後再跟大家一起討論。

無論意見如何分歧，我們絕不採取多數決。就像大人禁止觀看我們做神轎一樣，關於神轎的議題絕不採取多數決，也是從以前就定下來的規則。

選班級幹部跟班長時，我們多半都是採多數決，不僅簡單快速，也合情合理。因此，老實說，我們大可不必費心討論神轎設計稿，根本是浪費時間。可是老師說：「不能什麼事都依賴多數決。其實，每件事都由大家一起討論，才是最好的。」

這不是小菅老師個人的想法，好像以前校長也對小菅老師這樣說過。少數服從多數固然好辦事，但是這樣就漠視了「少數人的意見」。小菅老師說，這是很危險的事情。「因為每個人的想法都不相同。」

我們討論了好久好久，但沒有人覺得累。過了老半天，終於決定要在整座神轎上彩繪地球（這是小梢的主意！），但是太陽已經下山，導致家長必須來學校接我們。

自己的點子被採用，好像沒有令小梢特別開心。可是，她一直問老師什麼時候開始做神轎，看來她滿懷期待。

我們分成幾個小組（這也是討論決定的），各自負責將海塗成藍色，並用白、紅、橘色區分世界各國。

小梢不需要偷任何東西。她不必像製作晴天娃娃時從家裡帶東西來，光是這樣，就令我放心不少。

小梢十分認真。她在大家搆不到的地方塗油漆，戴上手套貼夾板，比男生還厲害。

「中國好大喔！」

「美國才大啦！」

「下面又不是美國。」

「是嗎？」
「大家都叫它『南美』，但其實包含了不同國家喔。」
「比如？」
「墨西哥啦，呃，巴西啦，玻利維亞啦，總之有很多國家。」
邊看地圖集邊做美勞，我發現地球真有趣。美國國境居然是一條直線，而俄羅斯跟中國也大得嚇人。
「這些密密麻麻的島，全都是國家？」
杏奈跟茉菜負責幫島嶼上色，她們似乎被整慘了。有些小得跟紙屑一樣的島也是一個國家，而有些國家的島嶼散落各處又距離過遠，必須為每個國家分別上色，所以她們四周不得不擺放一大堆油漆罐。
「要塗到哪裡才行？」
「麻煩死了！」
日本也是島嶼，形狀像是一匹昂然起身的馬。
「日本在島嶼當中算是大島耶！」

茉菜嚷嚷著，但我覺得其實還是很小，而且距離中國太近，所以沒有「鏘鏘！我可是一座島呢！」那種感覺，真可惜。像夏威夷跟澳洲位於大海正中央，它們就充滿「島」的霸氣，帥呆了。

「我們大概是住在這裡吧！」

在小小的日本列島中，孝太想要找到我們小不拉嘰的村莊。

「你找不到啦，孝太！」

杏奈的話並沒有澆熄孝太的決心。

「是這裡！」

孝太大嚷大叫，在上頭隨便畫了個黑點，惹得女生很火大。而且那個點的位置根本錯得離譜。到頭來，只得塗上綠色油漆，才將那個點蓋掉。

「是這裡！」阿純也學孝太大叫，他似乎很中意這句話的語氣。不過阿純並非指著神轎，而是指向孝太的頭。

「幹麼啦！」

孝太邊嗆邊笑。

此後，男生們開始流行無意義的指著某物大叫「是這裡」，「這裡」不局限於任何東西或位置，可能是走廊角落的灰塵，也能是阿正頭上的小禿塊，或是電燈開關。想也知道，大家最喜歡指著別人的小雞雞。

「是這裡！」

「那是小雞雞！」

「嘎哈哈哈哈哈哈哈！」

我躲得遠遠的，假裝沒聽見他們的玩笑。唯有此時，我好想跟女生一起大喊：

「男生！」

「男生蠢斃了。」

真希望我也能撂下這句話，瀟灑的與他們拉開距離。

✦

這一天很熱。

夏天當然很熱，但我覺得這天特別熱，連站在遮蔭下都汗流浹背。

事情發生在我上完游泳課之後。

暑假除了做神轎的活動，還有游泳教室。我最討厭游泳池，宇宙超級無敵討厭。我總是在教室角落匆匆更衣，不向任何人打招呼就衝回家。只有上游泳課這天，我連小梢都不等（我這個監管人還真失職）。

因此，那天只有我一個人。

快到曉館時，我遇見一個女人。她有點眼熟，我以為大概是來泡溫泉的客人，但她卻盯著我瞧。

雖然嚇了一跳，不過我應該不認識她，於是馬上別開視線。與她擦身而過後，我回頭一望，她竟然還在看我，而且嘴角上揚，似笑非笑。

直到入夜，我才想起她是誰。

那是老爸的「外遇對象」。

不知為何，我腦中浮現的是這四個大字，而不是她的臉。她胖了不少，因此我一時認不出來，不過容貌並沒有變化太多。那是老爸的「外遇對象」。是寵物店那個女人（也就是第二個外遇對象。她當年明明很瘦啊）。

「啊！」我不禁驚呼，然後開始火冒三丈，耳朵發燙。我旋即尋找小梢，可是這裡是我的房間，她不可能在這兒，從窗戶望去，她也還沒回到「保」室。天色已暗，國小女生不應該在外面逗留吧。

我突然對小梢冒起一股無名火。

而且超級不爽。

我好想對她大吼「為什麼這麼晚還不回來」，也認為村裡的大人不應該放任小梢在外逗留。明明是我擅自先回家，卻覺得是村裡的人故意拆散我跟小梢。而我也不懂，為什麼自己會有這種想法。換句話說，自從想起那女人，腦袋就一片混亂。

老爸的「外遇對象」。

衰爆了。為什麼偏偏讓我遇見她？而且為什麼她盯著我的眼睛瞧？她一定在笑。她看著我笑了。明知我是老爸的小孩，居然還笑得出來？

「哇啊啊！」

我愈想愈混亂，忍不住大叫。家裡只有我一個人，所以不怕吵到別人。老爸跟老媽應該還在曉館，君江阿姨還在睡，而小梢也還沒回來。

「哇啊啊啊！」

我忽然覺得很孤單。

我孤身一人。

我並非想念老爸老媽，相反的，我一點都不想見到他們。我希望家裡只有我一個人，我想獨處。

可是，我覺得自己很孤單。

我覺得好寂寞。

為什麼此時感到寂寞，連我自己都不知道。而且說來慚愧，我居然有點想哭。

老爸第二次外遇被逮時鬧得滿城風雨，老媽倒是平靜度日。君江阿姨大聲嚷嚷，鵜鶘先生用力裝忙，總之整座曉館籠罩在虛假的氛圍裡，而老媽則一如往常的工作。不，產生變化的只有一點，那就是老媽變得愈來愈胖。

無論是客人送的伴手禮或是甜點，只要一有空檔，老媽就吃個不停。

老爸在廚房變得瘦小。他本來就很瘦，後來變得更瘦了。對了，當時的老爸老媽超有看頭，兩人一胖一瘦，看起來活像搞笑的相聲搭擋──只是我從沒見過他們像相聲搭擋一樣站在一起就是了。

從那天起，只要別人說我像老爸，胸口就隱隱作痛，彷彿有人用力壓迫我的胸口。例如以前個子矮時，若有人說：「希望你以後長得跟爸爸一樣高。」我就會大受打擊，好似有人揍了我一拳。

我不想長大。「不想長大」這幾個字聽起來很蠢，但我真的這麼想。然而，我卻長得愈來愈大。

我的身體逐漸產生了變化。

我的房間不能上鎖。房門是向內開，所以我得把牆邊的書櫃移到門前才行。雖然老爸老媽都不在，我還是堅持將門擋住。我必須氣喘吁吁、汗流浹背、拚死拚活的將書櫃移到門前，否則萬一突然有人開門，我就死定了。

我脫下褲子。

褲子褪到膝蓋，露出白色內褲。此時，我好想……

好想……好想……

我不知道接下來該接什麼詞。還來不及想出來，我就脫掉內褲了。

脫下內褲後，我好想大叫。我想大吼大叫、大鬧一番，整個人變得亂七八糟，最後消失。

半年前起，我的蛋蛋突然變大了。

起初我覺得有點腫腫的，好像也有點癢，還以為是跟孝太去草叢時被蟲咬了。可是我錯了。蛋蛋愈來愈大，當我注意到它不是發腫時，它已經不是原本的蛋蛋了。那不是我認知中的蛋蛋，兩者天差地別。

它黑中帶紫，皺得跟乾掉的水果一樣，簡直不忍卒睹。

怪物不是茉菜，不是杏奈，也不是班上的女生們，而是我。

蛋蛋變得這麼奇怪，我才是怪物。

這件事我無法告訴任何人。無論對象是孝太、阿正、小菅老師或老爸，我都說不出口。這股恐懼感，我只能一個人忍受。獨自忍受。

我聞到溫泉的味道。

從小聞著這味道長大，早就聞慣了，而且我也知道為什麼溫泉有這種味道。只是，至今我還不懂為何味道有時很濃烈，也不懂為何上課中跟這樣的夜晚，味道會突然變強。

我跟員工都能進入大浴池。我喜歡跟廚房的大哥哥們一起進去，他們會豪邁的幫我洗頭、為我的頭澆熱水，也會在浴池裡跟我玩噴水遊戲。我最喜歡泡澡了。

可是，我再也不去大浴池了。我偷偷摸摸的躲在家裡的小浴缸，不想被任何人看見。

我最討厭泡澡了。為什麼這裡是溫泉鄉？為什麼大家動不動就脫光光？

上游泳課時，已經沒有人會取笑躲在教室角落、遮遮掩掩換衣服的我了。因為我是透明人。我擺出一副「我不在這裡」的樣子。可是，沒人能保證孝太不會指著我大叫：「是這裡！」沒人能保證他不會指著我的小雞雞，摸我的蛋蛋，然後被蛋蛋的尺寸嚇到。

游泳池最好消失。溫泉最好消失。

不，最重要的是，我的蛋蛋最好消失。

即使穿上內褲、拉起褲子跟拉鍊，我的蛋蛋依然在，永遠不會消失，而且搞不好會愈來愈大。萬一蛋蛋大到內褲遮不住，我該怎麼辦才好？有誰願意藏匿變成怪物的我？

嘰！忽然傳來聲響，嚇得我為之一震。

那是「保」室的開門聲。

我望向窗外，小梢正巧走進「保」室。她頭也不回，連看都沒看我一眼就關上門。現在是九點半。我氣消了。我只感到寂寞。非常非常寂寞。

真希望小梢能看看我。儘管我好想連同蛋蛋一起消失，我還是希望她看看我。希望她用那雙漂亮的眼睛看看我。

我好孤單。

小梢也有過類似的感覺嗎？她也曾經感到孤單嗎？

伊呂波莊好安靜。非常安靜。

✦

神轎快完成了。

大家浮浮躁躁的，完全靜不下來，尤其是男生（當中也包含「成年男子」）。他們是一群無藥可救的傢伙，整天只想撞壞神轎、野蠻的大吼大叫，我老爸也不例外。

「阿慧！你們的神轎是什麼樣子？」

在神轎完成之前，參與者不得洩漏神轎的詳情，可是老爸每年都拚命追問。

「你明明知道我不能說。」

「什麼嘛，你很無情耶！我不會說出去的，告訴我嘛！」

他騙人。二年級時，他也說「不會說出去」，結果卻把我告訴他的成果（那年的神轎上畫了很多動物）告訴全村莊的人。我覺得很對不起大家，差點哭出來，但是燈里跟弘樹的老媽也到處宣傳，所以沒有人怪我，而且每年大家都早在祭典前就知道哪個年級做什麼神轎了。這村莊的人，個個都是大嘴巴。

即使如此，大家還是會在祭典當天假裝第一次看到神轎。他們高聲歡呼、狂拍照片，大聲稱讚成果。大家真的很喜歡祭典。

鵜鶘先生從我小時候就幫我拍照，一路拍到大。他有一臺類似攝影師用的大型相機，據說那叫做單眼相機。鵜鶘先生很自豪那是傳統單眼而不是數位單眼，聽說他本來是專業攝影師。

「今年也得幫小梢拍照才行！」

鵜鶘先生充滿了幹勁。

君江阿姨的身體，也慢慢康復了。

她不僅在院子散步的速度變快，時間也拉長了。更重要的是，她又變回那個笑口常開的阿姨。我喜歡君江阿姨的笑容。

有一天，我看見小梢的媽媽陪君江阿姨散步，不禁停下腳步觀察她們。好久沒見到小梢媽媽，光是見到她就夠驚奇了，更令人吃驚的是：她們居然笑得很開心！

我本來還以為小梢媽媽絕對不會笑呢。

「啊，阿慧！神轎做得順利嗎？」

君江阿姨向我搭話，我卻看著小梢媽媽。她與我四目相交，起初一臉訝異，不久就笑了。這笑容燦爛得不得了，我的心臟發出「砰」一聲，跟阿良打我胸口時一樣。

「嗯。」

「這樣呀！應該很辛苦吧。要做出氣派的神轎喔！」

「反正還不是會被撞壞。」

「啊哈哈哈！也對啦！」

君江阿姨一笑，小梢媽媽也笑了。我不懂哪裡好笑，但她們笑個不停。一時之間，我無法將君江阿姨的笑容從腦海揮去。

✦

今天我們也去了石牆。

石牆很燙，如果坐著不動，會像荷包蛋一樣從邊緣開始烤焦。我用家裡帶來的水壺不時灑水，水一碰到石牆，馬上就蒸發了。

「小梢，妳媽媽也是外星人吧？」

小梢一到，旋即脫下君江阿姨借給她的大帽子。她每次都這樣。

「說她是外星人好像怪怪的。」

「哪裡怪，不就是從外星來的嗎？」

「對。可是，照你這麼說，你也是外星人呀。」

「……我知道啦。」

其實我嚇了一跳。原來我也是外星人啊。

「因為我在宇宙裡嗎？」

嘴上說知道，但我還是忍不住發問。在小梢面前，我就是無法裝懂裝到最後。

「阿慧，我們在你眼中是外星人，但在我們眼中，你也是外星人呀。宇宙不是只有地球，而宇宙也可能不只一個。」

「是喔？」

「是啊。說不定有其他宇宙呀。」

雲朵遮住太陽，視野頓時一暗。

「我看見妳媽媽笑了。」

「媽媽？她最近常笑呀。」

說到這兒，小梢呵呵一笑。對了，小梢最近也很愛笑。現在她不常露出詫異的表情，反而像個十一歲女孩般笑口常開。

「妳媽媽也借用了死人的身體嗎？」

「是啊。」

「借用死人的身體，到底是什麼意思？」

小梢瞥了我一眼。

「說是死人好像有點怪怪的。不是有些人已經死了，但其實不想死嗎？」

「已經死了，但其實不想死？」

「對。明明不想死卻非死不可，遲遲無法接受自己的死亡。」

「意思是說，表面上死了，其實還活著？」

「靈魂還活著。」

「靈魂！」

小梢詫異的看著大聲嚷嚷的我。

「怎麼了？」

「因為妳是外星人，而且剛剛也說我是外星人，不是嗎！小梢，妳明明是外星人，卻……相信靈魂的存在？」

「阿慧。」小梢忽然一本正經。

「我剛剛說的話，是我現在才知道的。」

「嗄？」

「說是現在才知道也怪怪的。沒有人告訴我那些事，我是第一次說出那些話。」

「妳在說什麼？」

「好像也不對，應該說是『以前就知道了』。我是照著記憶說出來的。」

「記憶？小時候的記憶嗎？」

「不，不對，我們根本沒有『小時候』。那是好久好久好久以前的記憶。阿慧，我不是說過，或許渴望永遠的，就是人類嗎？」

「嗯。」

小梢說的話，我每個字都記得一清二楚。不管是謊話或鬼扯的話，只要是她說過的話，我一字一句都無法忘懷。

或許，我相信小梢說的話。

我腦中第一次浮現這想法，連自己都嚇了一跳。

「我愈來愈覺得，或許自己還保有人類時期的記憶。或許我體內的小小粒子還記得那些回憶。因為我們知道什麼是靈魂，靈魂就是思想的集合體。阿慧，你的思想就跟你的身體一樣，是真實存在的。」

「就像我的身體？」

「是啊。」

我突然覺得身體變得好沉重。我咒罵自己的單純。

「思想會留下來。我們會跟思想共鳴，進而同步。」

「思想？」

「無法接受死亡的思想。我們會跟有這種想法的身體同步。因為我們是永生不死的。」

無法接受死亡的身體，就在我面前。換句話說，我眼前有個死人。

「太、太扯了吧……」

天氣熱得要死，我卻背脊發寒。我從來沒這麼冷過。

「死人在外面亂跑，豈不是天下大亂？她的親人跟朋友一定會嚇死吧？」

「在小梢的世界，時間已經靜止了。」

「咦？」

「阿慧，時間跟你想的不同，並不是固定不變的。時間能伸能縮，而我們能使時間靜止。說『靜止』好像也不對，應該說是使時間倒流。時間是流動的，但如果我們回到從前的時光，時間就跟靜止沒兩樣。」

「好難懂喔。」

「是喔？抱歉。」

「為什麼要靜止時間？該怎樣才能使時間再度流動？」

「等她死透。」

「咦？」

「等我們接受死亡。」

「我們？是指妳跟媽媽嗎？」

「不對。我是說，『等我跟小梢接受死亡』。」

我聽到腦袋都打結了。

我跟小梢？

眼前的人是小梢，而小梢的身體來自於別的小梢。那麼，「我」就是指外星人小梢……

「從我跟小梢同步那一刻起，我們倆就連結了。我跟她幾乎一樣。」

「幾乎一樣？」

「小梢的思想與我共享，所以我是我，同時也是小梢。」

我悶不吭聲，小梢連看都不看我一眼。

「小梢人很好。」

這說法很奇怪，因為小梢就是我眼前這個人。

「為什麼？」

「因為小梢願意讓出自己的思想跟身體。她人真的很好。」

我還是不大懂小梢說的話，腦中只留下「人很好」三個字。因此，我只問了自己最關心的問題。

「小梢什麼時候才會選擇死亡？」

我是問眼前的小梢，還是問藏在某處的小梢「靈魂」？我自己也不知道。

「嗯……」

小梢說著摸摸石牆。我想，她大概不會回答吧。我懂了。

「你不熱嗎？」

「很熱。」

小梢笑了，然後又開始收集石子。她待會兒又要撒石子了。

祭典當天早上，天氣晴朗到不行。

對了，在我記憶中，祭典當天從來沒下過雨。每年都是烈日當空，晴朗得令人想哭。

大馬路上的旅館跟店家，紛紛在路上擺出裝有冰塊的充氣泳池跟用來冰啤酒的水桶。旅館的房客們也樂於參觀祭典，出來一探究竟。曉館的房客之中，有個小家庭還帶著鵜鶘先生用的那種專業相機。

我們這些負責抬神轎的小學生，中午過後必須到學校報到。我們從各自的教室抬出神轎，先到體育館集合，這段時間內，除了老師跟學生，任何人都不能進入學校。真是夠裝模作樣的，依照規定，我們也只能在這一天的體育館見到其他年級所做的神轎，但是大家早就趁著放學後溜進教室看過了，沒什麼好稀奇的。

然而，穿上兒童用法被[7]、繫上頭帶的大夥兒，個個興奮得不得了。祭典的氣氛熱鬧滾滾，擋也擋不住，他們還跑去其他年級的神轎前嬉鬧。

「各位同學！」

校長出來訓話了。校長也穿著大人專用的法被，可是個子太小，看起來活像隻備受寵愛的猴子。

「今天是祭典的日子。」

「知道啦！」低年級那邊有人大嚷。大家笑成一團。才一點點小事就笑得跟白痴一樣，可見大家真的很亢奮。

「各位同學，你們知道這場祭典的正式名稱嗎？」

「不知道——」同一個方向又傳來叫嚷。二年級有個叫做總司的搗蛋鬼，大概是那傢伙吧。

「叫做『撒—伊—歐祭』。」

7 日本的傳統服裝，一種在領子上或背後印有字號的日式短外衣。

我知道，因為校長每年都講同樣的話。可是截至去年為止，我也跟大家一樣瞎起鬨，所以不知道「撒—伊—歐祭」的由來。

「我們的生存，仰賴天地萬物的幫助。尤其溫泉，更是我們生活中不可或缺的瑰寶，溫泉真的很重要。」

「溫泉！」總司大叫。可是校長沒有罵總司。

「但是，溫泉並不是永遠取之不盡、用之不竭的。」

我回頭望向小梢。小梢站在女生最後排，我倆四目相交，我卻看不出她在想什麼。

「總有一天，溫泉也會乾涸。」

「啊！」這次的聲音是從四年級生後方傳來的。我以為校長差不多該爆發了，但他沒有生氣，其他老師也沒有出聲訓誡。一到祭典，老師們對我們的包容力突然就變高了。

「我們必須感謝現有的溫泉。」

大家吵吵嚷嚷，而我則直直的注視校長。我沒有回頭，但小梢八成也看著校長。

「我們必須感謝現有的溫泉，跟現在的環境。」說到這兒，校長輕咳了一聲。「接下來，請各位同學用心參與抬神轎的工作。」

他說完了。到頭來，校長還是沒解釋「撒─伊─歐祭」的由來。

「各位同學，請回到各年級的神轎旁邊。」

小梢已經跟其他女生聊起來了。她的側臉比其他女生黝黑許多，我感到很得意。

「喔，出來了！」

聚集在校門口的大人們，開心的迎接神轎出場。阿信哥跟其他年輕人拿著鼓棒，韻律十足的打起大型太鼓。

「撒─伊─歐！」

「撒─伊─歐！」

大家的吆喝聲響徹整座村莊。接下來，我們必須連抬神轎好幾小時，在同樣的地方繞行數次，因此隔天多半肌肉痠痛、擦傷累累。

快門聲此起彼落。大家都是用傳統手機或智慧型手機拍照，手持專業相機的鵜鶘先生，在人群中特別醒目，甚至有人請他幫其他小孩拍照。他看起來滿面春風。曾經擔任專業攝影師的鵜鶘先生。那是什麼時候的事呢？之後發生了什麼事，他才會來到這兒？

抬頭一望，太陽看起來好近，近得彷彿能聽見東西烤焦的茲茲聲。太陽睜大眼睛，似乎想看穿我們的一切。

一條黑影一閃而過，原來是黑鳶。牠在我們頭上嘲諷似的盤旋數次，然後又飛走了。黑鳶是不是知道今天是祭典的日子？牠是不是知道，有個小學五年級生悶悶不樂的抬著神轎？心情鬱悶時，我總是望向小梢。

「小梢！」

我聽見呼喊聲。朝聲音的來源一看，原來是小梢的媽媽。媽媽叫女兒的名字很正常，但我以為她不會做這種事。上次她的燦爛笑容令我驚奇，這回我又嚇到了。

小梢的手稍微鬆開了神轎。我看著她的側臉，心想她應該也很吃驚。

「媽媽！」

小梢大喊。我也下意識的放開神轎。

吃驚的人肯定不只我一個。孝太、阿正、茉菜跟杏奈，個個都看著小梢。大家並不是認為回應父母的聲援很丟臉，而是小梢不像是會做這種事的人。小梢看起來，不像是個會呼喊母親的人。

「小梢！」小梢媽媽也回應她。

「媽媽！」

兩人恍如初次呼喚彼此名字的動物。她們一再呼喊、互相叫喚，似乎永遠不打算結束。沿路的大人也望著她們，滿臉訝異。

「小梢！」

「媽媽！」

兩人的呼喊幾乎被祭典的吆喝聲淹沒，但那聲音還是鑽進我們耳裡。不知為何，這聲音好似永遠忘不了。就算我長大成人，一定也忘不掉小梢跟媽媽彼此呼喊的聲音。

「撒—伊—歐！」

抬神轎的隊伍繼續向前走。如果累了，就換人抬，或去幫忙低年級生，沿路送行的民眾也會幫我們潑水。我們很努力，真的非常努力。

抬著抬著，我愈來愈憐惜神轎。每次都這樣。那些形狀跟馬沒兩樣的日本、豆粒大的島嶼，以及廣大的大陸，畫得歪七扭八又醜不拉嘰，但是神轎抬久了，我頓時好心疼它的下場。為什麼非破壞神轎不可？我們努力了整整一天——不，整個暑假，就只是為了破壞神轎？

太陽西下，祭典廣場已經布置妥當，接著就等破壞神轎了。

我們累得像條狗，大人們喝得醉醺醺。接下來是祭典的重頭戲，我們將神轎排列在廣場上，依序祭拜。

神社的宮司[8]在露出來的土塊上灑酒以淨化土地。以前負責淨化的宮司去年過世了，君江阿姨說他才剛滿七十歲。從今年起，由他的兒子擔任宮司，但兒子還年輕，所以看起來對很多事都還不習慣。有時村裡的老爺爺們會叫他過去，教他如何當個宮司。

我們的神轎也受到了淨化。

祭拜的順序並不固定，沒人規定要從低年級開始，也沒人規定從高年級開始。這也是規定之一（規定「不規定順序」）。我們的神轎在距離火焰最遠的地方，肯定是最後一個祭拜。

我在遠處圍觀，看著那些成年男子。阿良也在。他還是老樣子，將頭髮抓成怪怪的刺刺頭，不羈的穿著法被。他站在火焰旁邊，一副威風凜凜的大人樣，踹開飄起的火星。

「撒─伊─歐！」

第一臺神轎撞上了土塊。啪啦！轎子發出不妙的聲響，我不禁閉上雙眼。我覺得自己好像被揍了一拳──不，我覺得自己好像被一拳打趴在地。

「撒─伊─歐！」

那是二年級生的神轎。這臺豎起許多旗幟、五彩繽紛的孩子氣星星神轎，被大人撞壞了。

「嗚哇──！」

有人哭了。一看，原來是總司。明明在體育館調皮搗蛋，現在卻嚎啕大哭，我看著都臉紅了。真虧你哭得出來耶。不過，其他學生也被總司的哭聲感染，紛紛哭了起來。我突然好羨慕他們。

8 神社的最高階神職人員，負責掌管祭祀。

我也好想那樣大哭，好想大吼：「為什麼撞壞神轎！」可是我已經五年級了，而且又是男生，因此絕對不能哭。為什麼呢？為什麼男生長大後，就不能哭了？

「撒─伊─歐！」

阿良率先將四分五裂的神轎放入火堆。熊熊火焰轟然作響，轉眼間吞沒了彩色旗幟跟星星圖案。

「嗚哇啊啊啊啊！」

總司繼續大哭，哭得一臉蠢相。我尋找校長的身影，但看來看去，就是找不到瘦皮猴校長。

「撒─伊─歐！」

接下來簡直是人間煉獄。輪到一年級生的神轎時，學生撲向大人，而大人們則笑著拉開他們，然後又笑著把神轎撞壞。到底有沒有人性啊。

四年級生的神轎被撞壞了，三年級生的神轎也被撞壞了。女生們哭了，六年級生哭了，杏奈跟茉菜也哭了。有些學生沒有反抗大人，卻雙手合十，邊哭邊禱告。我沒有看小梢。我不是不想看見她的哭臉（或許她會哭吧），而是不希望她看見我哭喪著臉。

「撒─伊─歐！」

六年級生的神轎被撞壞了。四個年級的神轎淪為柴火，令火焰愈燒愈旺。火星向上飛舞，飛向站在遠方的我們。

「撒─伊─歐！」

曾幾何時，總司不哭了。他痴痴的望著火焰。我見過那種表情。那是崇拜的神情，他崇拜那群打著赤膊與火焰奮戰的男人。以前我們也用同樣的眼神崇拜過阿良。

「撒─伊─歐！」

大人們開始碰我們的神轎了。我的胸口頓時一緊。明明我已經被打趴了，卻還是站著揪緊疼痛的胸口。

「撒─伊─歐！」

大人抬起神轎。阿良猛踹神轎的殘骸，鬼吼鬼叫一通。

「撒─伊─歐！」

啪啦！神轎發出巨響。明明這聲響我已經聽了無數次，明明目睹大家的神轎被毀時，我早已做好心理準備。

然而，這聲響聽起來無比刺耳，令人心痛。我閉上眼睛。我很想閉著眼睛直到最後，卻辦不到。再度睜開眼時，我們的神轎正要迎接第二次撞擊。

霹哩！

此時，我看見校長站在四年級隊伍一端。他駝著背，面色鐵青的望著神轎。我不自覺拔腿就跑。沒有人看見我跑走。

「阿慧。」

有人悄聲呼喚我。那是小梢的聲音。我只聽見小梢的聲音。她注視著我。她沒有哭。小梢背對火堆，彷彿從好久好久以前就佇立在那兒。我繼續跑，意圖甩開小梢的殘影。

「校長！」

我拍拍校長的肩膀，他嚇得回過頭來。我個頭雖然小，但不大需要費力抬頭看校長。

「南雲同學。」

「校長，為什麼要做這種事呢！」

我講得校長好像是這場祭典的罪魁禍首似的。我自己也覺得奇怪，明明問題出在阿良身上、出在用神轎當柴火的大人們身上、出在意圖破壞我們神轎的男人們身上。但我就是不知所措。不知為何，我覺得只有校長能了解我的心情。

「校長，為什麼要做這種事！」

啪啦！

我們的神轎已經毀了一半。轎槓斷了，美國破了，歐洲也凹了。

「南雲同學，聽我說。」

校長湊近我。他一字一句的慢慢說，好似在朝會上訓話。他跟村裡那些粗暴的大人天差地別，但我是不會被騙的。

「這場祭典呢……」

此時，突然響起警報聲。

「失火了！」

有人大喊。大家紛紛轉頭，看來應該不是指廣場的火堆。現場一陣譁然。燒焦味好像變濃了，或許是因為風很乾燥吧。

「失火啦——！」

大家丟下神轎，跑向聲音的來源。校長也跑了過去。臨走前，他輕輕拍了我的肩膀，那隻手跟孝太差不多大。

「來個人去顧火！」

某個大人喊道。心臟跳得好快。我無能為力，其他小孩也開始跑了起來，只有我傻傻的杵在原地。

「阿慧。」

回頭一看，小梢站在我後面。背對火堆的小梢，看起來比平常還高。

「那不是往曉館的方向嗎？」

她聲音很小，但我聽得一清二楚。警報聲在村裡迴盪不已，即使廣場的火已被澆熄，我還是動彈不得。

✦

第一次有警察來曉館。

我們這小村子裡勉強算是有警察。學校附近的派出所有個大叔，與其叫他警察先生，不如叫他「巡邏大叔」。他有時會在派出所外面刮鬍子、剪指甲，看起來有點少根筋。

不過，這回來的人是正正經經的警察，而且來了兩個，一個是年輕男子，一個是大嬸。大嬸比年輕男子矮得多，但是聲音低沉宏亮，氣勢十足（她的兩隻手毛茸茸的，君江阿姨跟她比起來簡直小巫見大巫）。

失火地點是伊呂波莊。火焰立刻就被撲滅，但牆壁已被燻黑，「保」室的房門也歪了。那是小梢的房間。

「有縱火的嫌疑……」

我聽見警察說出這幾個字。連我這種小孩子，也覺得怎麼看都是人為縱火。「保」室前面有報紙的灰燼，附近還很「湊巧」有火柴，一副生怕別人看不見縱火證據的樣子。

小梢跟媽媽搬到隔壁的「仁」室了。明明出了大事，這兩人還是一派輕鬆。她們很快就打包完畢，然後一身輕裝的搬到隔壁去，彷彿是來旅行的客人（就跟當初她們搬來時一樣）。

自從發生火災，我就變得怪怪的。

我的腦袋成天輕飄飄的，這陣子都沒有勇氣經過「保」室。每每經過，我總是刻意閉上眼睛，但有時不得不「啊——！」一聲邊跑邊亂叫，否則根本走不下去。真不敢相信，小梢母女居然能若無其事的住在隔壁。

老媽跟老爸什麼話都沒說。或許他們是不想讓我擔心，但我真希望他們至少能講幾句話。

每次遇見鵜鶘先生，他總是一臉懊悔。

「如果當時我在的話……」

我對鵜鶘先生也什麼話都沒說。換句話說，我也跟爸媽一樣口拙。

鵜鶘先生並沒有把祭典那天幫大家拍的照片洗出來。我想，他一定很後悔那天玩得太瘋了。

不只是鵜鶘先生，村裡的人也絕口不提那場被迫中止的祭典，畢竟玩得正興奮時出事，多少會覺得有點罪惡感。村裡可是第一次出現縱火案呢。

我們那臺半毀的神轎，還留在廣場上。

半毀的神轎，比撞得稀巴爛燒掉還慘。神轎的慘狀訴說著我們的悲戚，大家似乎不忍心看它，所以個個下意識的避開廣場。

✦

小梢在院子灑水。

有時，小梢興頭一來，就會幫曉館打雜，比如掃院子啦、倒垃圾啦，她總是樂在其中，而當中做得最起勁的，就是灑水。

她拉長綠色水管，幫院子裡的草木澆水。小梢灑的水畫出拋物線，落在地面。水是透明的，但水花的輪廓如此清晰，閃閃發光。大片水滴緩緩擴散，彷彿慢動作播放。它們像是有自己的意識，也像是隨波逐流，彷彿有苦有樂。

偶爾，小梢會轉起圈子。水中的小梢看起來好幸福，她笑得好燦爛，宛如看不見身後那扇燒焦的「保」室房門。

✦

「祭典不辦了嗎？」

這天整日灰濛濛的，石牆上空烏雲密布，一動也不動，完美的遮住了太陽。

小梢一反常態，乖乖戴了帽子。君江阿姨給她的那頂白色帽子，有一陣子是戴在她媽媽頭上。小梢早就晒得跟黑炭沒兩樣，現在才戴帽子有什麼用？

「那種祭典不辦也罷。」

伊呂波莊失火唯一的好處，就是君江阿姨氣到整個人都活過來了。她摩拳擦掌的說，絕對要抓到縱火犯。

不只君江阿姨。從那天以來，村裡的大人輪番拜訪伊呂波莊，他們擔心小梢，有些人還向小梢媽媽道歉，好似伊呂波莊失火是自己的錯。

「村裡不能留下那種禍害！」

君江阿姨怒火中燒，甚至要阿良那幫小混混在夜裡巡邏。老媽叫她別太勉強，但她完全聽不進去。

「為什麼？我們的神轎又還沒壞掉。」

「小梢，難道妳想神轎壞掉？」

「可是，這就是祭典的目的呀。」

「這是什麼鬼祭典啊。破壞好不容易做好的神轎，算什麼祭典？太野蠻了。」

「野蠻？」

「當然野蠻啊。這村子的男人都很野蠻。」

戴著帽子的小梢，看起來好像有點胖。或許她真的胖了？那稜角分明的下巴，似乎沒那麼銳利了。

「我討厭他們。」

「討厭誰？」

「男生。」

小梢應該聽不懂吧。我果然就是口拙。

這是老問題了。每當我想說出真心話，總是說不清楚，愈說愈心急，有時真想大吼——事實上，我真的趁獨處時吼過幾回，「啊！」、「唔喔！」之類的。我亂吼一通，吼著吼著，似乎吐出了體內那團不知名的疙瘩，然後我就會稍微（真的只是稍微）暢快一些。

「你討厭男生？」

「我討厭男人。」

「為什麼？」

小梢聲音清亮而直截了當的問我「為什麼」。我又想大叫了，因為這表示我沒有表達清楚。

「為什麼？」

我想將這股難解的情緒直接遞給小梢，不做任何掩飾。我總覺得，她似乎能接納我心中的疙瘩。

「我不想長大。」

「不想長大？」

「嗯。呃，我不想變成男人。我是男的，所以長大後不就是男人嗎？」

「是啊，應該吧。」

「好，那我不要長大。」
「為什麼？」
「因為、因為……妳不覺得他們很野蠻嗎？」
「野蠻？」
「大家都很白痴啊。喏，他們為了一些白痴事笑得跟白痴一樣，而且又很白痴。」
「白痴。」
「對。」
「那就是野蠻嗎？」
「當然野蠻啊。因為、因為，我家老爸也……」
「野蠻？」
「該說是野蠻嗎……總之就是很低級，超級噁心。」
「為什麼？」
「因為、因為……他跟村裡的女人搞外遇耶！」
「搞外遇。」

「對啊，而且還兩次！大家都知道耶，全村的人都知道！看到可愛的女孩子就眉開眼笑……太、太骯髒了！」

「骯髒？」

「骯髒啊，骯髒！」

「不是野蠻嗎？」

「又野蠻又骯髒，低級透了！什麼嘛，爸爸不就是小孩將來的榜樣嗎？低級死了，我才不想長大。」

「說不定你會變成不一樣的大人啊。」

「不一樣的大人……就算是不一樣的大人，我也不要。」

「為什麼？」

「這村裡根本沒有一個大人值得崇拜。有嗎？看看阿良，自以為是得要死，一些蠢事也能把他逗笑，人又白痴。以前他人很好，是個貼心的大哥哥，可是他變了。只要靠近大人，每個人都會變得怪怪的。我才不想長大呢，絕對不要。」

啵！水滴掠過臉頰。一定是有人用針刺穿了天空。對了，我也覺得自己好像被人用針刺了一下。我被刺了，所以才停不下來，大概吧。

「未來跟DONO值得尊敬嗎？妳想成為那樣的大人嗎？我才不想成為那樣的大人，死也不想！為什麼不能永遠維持現狀？我不想長大，身體卻逐漸產生變化，使我愈來愈接近大人。我不要，我不要，我不要啊，絕對不要。」

小梢仰望天空。或許是雨滴打到了她的帽子吧。小梢喜歡雨，她的舉動並沒有刺傷我，我知道她並非不想聽我說話，只是被雨水占據心思而已。

「我討厭改變。」

我好想趁機說出蛋蛋的事情。這件無法對孝太、阿正與其他人說出口的事，乾脆告訴小梢好了。可是，我不知道該從何說起。

「不想改變。」

這時我突然想起：小梢沒有蛋蛋。

這不是廢話嗎？但此時我猛然發現：我們不一樣。明明早就心知肚明，明明這是再正常不過的事，我卻為此感到非常難過。

我跟小梢不一樣。

小梢的月經來了嗎？我從未見過她像茉菜一樣拿著化妝包站起來。我希望小梢永遠不變，希望她永遠維持現狀。看著小梢，我覺得她真的胖了，她低著頭，下巴明顯變得肉肉的。

「我不知道什麼叫長大。」

小梢邊說邊伸手接雨。她是不是覺得雨水打到皮膚很有趣？她的手指伸得筆直，好似某種展示品。

「我很快樂。」

「咦。」

小梢的臉頰沾著水珠。明明低著頭，臉頰怎麼會沾到雨水？水珠在她臉上停留半晌，終究還是顫顫滾落。即使混著泥土，水珠還是亮晶晶的。

「很快樂？」

「嗯。」

「妳覺得長大很快樂？」

「我不知道什麼叫長大，但我覺得身體產生變化，很快樂。」

不只是下巴，她垂下來的雙腿跟彎曲著接雨的手臂，全都肉肉的。小梢變胖了，比剛認識時胖了許多，我直到現在才察覺。我用力吸一口氣，空氣在我喉嚨迴旋，接著落入體內。

「改變很有趣呀。如果那就是長大，我覺得很有趣。」

「為什麼？」

「什麼為什麼？」

「為什麼妳覺得有趣？妳不怕嗎？妳會長大，身體會愈來愈不一樣喔。」

「那有什麼好怕的？」

「因為、因為……因為會變成大人啊。然後、然後……」

「然後？」

「然後，總有一天……」

我的胸口猛然一震。

就會死。

沒錯。成長的終點，就是死亡。長大之後，我們會像阿良一樣自以為是得要命，像老爸一樣對女生流口水，然後像未來一樣變得慘兮兮，接著、接著，我們就會死。一定會死。

我們長大，就是為了死亡。

這是多麼殘酷啊。為什麼我們非得長大不可？這豈不是——

「豈不是跟神轎一樣嗎！」

「神轎？」

「對啊。明明知道最後會撞得稀巴爛，然後燒毀，還是得抬轎遊街，跟白痴一樣抬轎遊街。」

大顆雨滴砸在我睫毛上，逼得我眼睛一閉。真不甘心。

「我們被迫長大成人，結果只是為了送死，搞什麼鬼啊，太殘忍了吧！憑什麼嘛！讓我們永遠維持現狀，不是很好嗎？我害怕自己的身體改變，我怕自己用奇怪的眼神看女生。我不想長大。」

我知道自己說得亂七八糟，也知道這些話聽起來很窩囊，但我就是停不下來。我的蛋蛋從剛剛就隱隱作痛，好像只有那裡燙燙的。說不定它又變大了。搞不好它會愈來愈大，最後撐破褲子彈出來。

我是個怪物。

雨珠滴答、滴答的慢慢落下。DONO應該正在家裡猶豫要不要穿GORE-TEX吧。想起DONO，我不由得胸口一緊。對了，DONO沒參加祭典。在我內心深處，其實懷疑縱火的人就是DONO，我討厭自己這麼想，也討厭令我產生那種想法的DONO。我不想變成DONO。

「阿慧。」

小梢的聲音好清亮，就像透明的水滴。

「咦。」

小梢將一堆石子遞給我。她什麼時候收集了這麼多？雨珠滴答、滴答落在小梢手心，有些石子溼了，有些沒溼。她叫我撒石子。

「幹麼撒？」

「很快樂啊。」

「才不快樂咧！妳腦袋有病喔？」

我從小梢手中搶走石子。有些石子從指尖掉落，在石牆上彈開。

「妳不怕嗎？」

我用力握緊剩下的石子，超級痛的。這不是廢話嗎？可是，我卻吃了一驚。原來握緊石子手會痛，真是太奇妙了。

「怕？怕什麼？」

「伊呂波莊被人縱火耶。」

小梢抬頭望著我。不知不覺間，我握緊石子站了起來，俯視著小梢。連她清亮的聲音，都令我一肚子火。

「是『保』室耶？妳的房間被人縱火耶。」

其實沒人敢肯定是人為縱火。或許只是巧合（不，一定只是巧合），但我就是想嚇嚇小梢。

「妳不怕嗎？小梢，妳真的不怕喔？」

小梢定定仰望我。她的眼眸從寬帽簷下方直勾勾對著我，目不轉睛，令我有點想哭。

我現在才明白，原來都是小梢這雙眼睛，害我在她面前醜態百出。不，不對。我肯定最初就知道了。打從我初次見到她那如白貓腹部般雪白的眼白，與輪廓朦朧的褐色瞳孔，就明白了這一切。

小梢看見的不只是我。她直勾勾凝視我，以及萬事萬物。

她的眼神不帶有批判，也沒有其他含意。

小梢只是專心的「觀看」罷了。看著小梢的眼睛，我不禁認為：或許我們平常以為自己看了什麼，其實**看到的只是假象**。我們只是假裝自己看見了，其實是視而不見。

小梢看著我。筆直的看著我。

「我不想要妳死。」

我的手中還有石子。那些等著被小梢撒出去的石子，現在正溫柔的扎著我的皮膚。

「我不想要——」

小梢注視著我。雨愈來愈大，我們卻完全不打算移動。

「不想要小梢死掉。」

我攤開手，石子孱弱的一顆顆落下。本來還有幾顆石子死黏著不走，不久也掉光了。我感到愧疚，居然沒能撒出這些石子。真希望小梢能笑一笑。

「阿慧。」

小梢的帽子淋得溼答答。帽簷吸滿了水，沉下來遮住小梢的眼睛。我看不見小梢的眼睛。我想看小梢的眼睛。我想看看那雙筆直望著我的美麗眼眸。

「阿慧，我知道原因了。」

小梢的臉頰又沾上水珠。

「咦？」

「我知道快樂的原因了。」

我忍不住跪下去。石牆溼溼的，但我不在意。

「我知道撒東西很快樂的原因了。」

小梢還是筆直的望著我。

我不自覺伸出手。小梢無動於衷，倒是我吃了一驚。我對自己的想法感到吃驚。

我想摸小梢。

我想摸她，非常非常想摸她。我想觸摸小梢的身體，我想觸摸這個願意注視我心底，願意注視我周遭一切的小梢。

這份心情是什麼呢？我無法負荷，只有手指深刻感受到了。指尖刺痛而發燙，好似只有它們能明白我的心情。

「小梢。」

雨珠落在指尖（使我的體溫稍稍下降），接著顫呀顫，滾了下去。

✦

自從發生火災，我就淨做些怪夢。

有一次我變成小嬰兒，仰望著天花板；有一次我變成剛學會站立的一歲小孩，笑呵呵的；有一次我變成四歲小孩，拜託阿良陪我玩。

最奇怪的，就是有一次我夢到自己變成大人，俯視同班同學。我知道不是單純長高，無論是大家看我的眼神，或是我自己的感受，都在在顯示我變成大人了。現實中的我明明很害怕長大，夢中的我卻接受了長大的事實，冷靜的望著大家。

不論是哪個夢，我都無法看到我自己。我只能夠透過「我」這個人，透過「我」

的視網膜觀看世界。

有時我知道自己在做夢，因此拚命想看看自己的模樣。夢中的我，要麼是只會哭不會動的嬰兒，要麼無法離開房間，要麼無法照鏡子。即使在夢中，我依然只是我。我無法看到自己，也無法成為別人，只能當不同年齡的自己。

DONO被警方偵訊了。

我真差勁，心中居然嚷著：「我就知道！」而且DONO還是清白的。祭典當天，DONO一直待在家裡。根據警方調查，披薩外送員證實：發生火災時，外送員將披薩送到了DONO手上。

這是君江阿姨告訴我的，而君江阿姨是從赤垣柑仔店的阿姨口中聽來，至於赤垣的阿姨則是從……任何小道消息，都逃不過村裡的八卦情報網。

說到底，村裡的人根本從未懷疑DONO。大家說他只是小缺點多了些，不至於會做出那種壞事，因此有些人光是聽到警察去DONO家偵訊就生氣了（而大家也趁警方懷疑未來前，搶先替未來說話。那天，我也在廣場上看到了未來）。

我聽著大家的意見，愈聽愈覺得自己真可恥。我竟然曾經懷疑過DONO，真是太冷血、太卑鄙了。因此，我變得比以往更沉默寡言，自從失火後，我幾乎只跟小梢聊天。

早上下樓準備吃早餐時，老爸在抽菸。

老媽的碗盤早已放在水槽，卻不見人影。看看時鐘，距離她上班的時間還早得很。

「警察又來問話了。真是吃飽太閒。」

我連問都沒問，老爸就自顧自聊起來。

煙圈升到天花板，接著飄然消失。明明剛吐出那一刻清晰可見，卻總在不知不覺間消失。老爸吞雲吐霧，不論我多麼仔細盯緊煙圈，它總是留不住，每次都是這樣。

我默默入座，啃起老媽準備好的飯糰。無論天氣多麼熱、無論我多麼不想長大，肚子還是會餓。有時半夜餓到睡不著，我還會自個兒起床泡麵吃。最近衣服跟鞋子好像變得有點緊。

「幹麼大費周章。」我望著老爸，而他也瞥了我一眼。「其實根本不需要找縱火犯啊。」

我沒有答腔。

柴魚梅干飯糰真好吃，好吃到我覺得不好意思。明明每天吃，昨晚睡前還餓到吃掉兩個銅鑼燒，結果根本只是塞牙縫，一到早上肚子又空了。

「吃兩個夠嗎？」

老爸邊說邊看著我的手。老媽捏的兩個飯糰，轉眼間快被我吃光了。我害羞的低下頭。耳朵一定又發紅了，我想。

「老爸捏飯糰給你。」

聽到這句話，我很不甘心，更不甘心的是他還拍我的頭。可是即使吃了兩個飯糰，我的肚子還是空空的。最近老是吃不飽，但我又不好意思叫老媽「多給我幾顆飯糰」。看來，我不只討厭長大，也討厭老爸老媽認為「兒子在發育」。

老爸叼著菸走到廚房，從冰箱取出保鮮盒。他挖出一大堆白飯裝進碗公（未免也太多了吧），覆上保鮮膜拿去微波。

「如果不用熱呼呼的白飯，做起來就不好吃了。」

從剛才起，老爸就像在自言自語。
「其實剛煮好的白飯最好。那種燙到能燙傷手心的白飯最棒了。」
聽起來像自言自語，是因為我沒有答腔。但我就是悶不吭聲，堅持不回話。
老爸用飯匙挖鬆熱好的白飯，在碗裡隨便裝些水，然後將大瓶鹽巴跟碗擱在旁邊，用力拍手。
啪！
聲響之大，大到我能感覺到空氣震動。
老爸將鹽撒在掌心，捏起飯糰。
「像這樣用力拍手，手就會麻掉，白飯再燙也不怕。」
老爸已經懶得轉頭看我了。他捏好一個飯糰，接著捻熄香菸，又拍了一次手。
啪！
「你平常就沒這麼勤勞。」
我悄聲說道。我八成是趁著老爸拍手時說的；換句話說，我不想讓他聽見。
「嗯？」

很不巧，老爸回頭了。我一時慌張，隨口應了一句。

「我吃不了那麼多啦。」

老爸揚起嘴角。

「才怪。」

他一口斷定。

老爸總共捏了四個飯糰。他的飯糰比老媽做的大，沒有餡料也沒有摻其他東西，只加鹽巴。我最討厭吃這種飯糰，可是又愛面子，不敢要他幫我包海苔。

「我只吃一個。」

老爸說完，拿了一個較大的飯糰。平常他早上很少吃東西，或許今天他也有點緊張吧。這麼一說我才想起，老爸只要跟我兩人共處一室，就會變聒噪。他會笑得很詭異，每件事都大驚小怪。

「阿貴。」

老爸邊吃飯糰邊說話，把「阿慧」念成「阿貴」。

「泥四補四油蛇抹新宿。」

我拿起飯糰咬了一口，竟然很好吃！我真不甘心。有生以來，我第一次覺得鹽巴飯糰好吃。

我知道老爸說的是：「你是不是有什麼心事？」但我沒有答腔。他一定是故意口齒不清。

我們是父子，因此兩個人都很膽小。我胸口好悶，肚子卻好餓。我真窩囊，窩囊得不得了。

我們默默繼續吃飯糰。我剛才明明說吃不下，卻掃光三個飯糰。老爸看著空盤子說：「就說吧，」他開心的笑了。「我像你這麼大的時候，也是整天餓到受不了。」

盤子上一顆飯粒也不剩，但還是黏答答的。如果不快點清洗，到時就很難洗了。

✦

今天孝太來我家玩。

小時候他幾乎天天來我家，也常跟我結伴出去玩，但是自從升上五年級（也就是我的蛋蛋變大之後），我就開始避開孝太。不知是孝太發現我避著他，還是單純跟我玩膩了，久而久之，他也不再邀我了。

「阿慧，你在幹麼——！」

孝太已經很久沒在窗戶下叫我了。我不自覺探出頭，只見阿正也站在孝太旁邊。

兩人穿著白T恤與及膝運動褲，明明長相跟身材都大不相同，看起來卻像雙胞胎。

我答道：「幹麼。」

「什麼幹麼，來玩嘛！」

孝太大喊，而阿正則默默瞇著眼睛，似乎覺得陽光很刺眼。

「玩？玩什麼？」

「玩什麼？什麼都好啊！不然去後山好了？」

後山就是常盤城的某座山。以前大家常一起去那裡玩，但現在我一點也不想去。

因為我認定那裡是我跟小梢的祕密之地。

「嗯……」

「還是去便利商店涼快一下？」

「涼快一下……我家還比較涼快呢……」

「孝太，我就說吧。阿慧不想跟我們玩啦。」阿正說。

阿正的說法很傷人，但沒辦法，這是事實。看來，阿正還在記恨我潑他水溝泥巴。

「沒這回事對吧？阿慧？」

孝太還不死心。我知道孝太活潑開朗，但一點都不遲鈍。他是在關心我，只是不知道是關心我暑假完全沒出去玩，還是關心我家的伊呂波莊失火。無論如何，我都不喜歡別人刻意關心。

「我下去，你們等我一下。」

我本來穿著跟他們類似的短褲，但此時我換上求老媽買來的卡其長褲。熱歸熱，我就是不想穿得跟他們一樣。

我來到後院，只見孝太跟阿正望著燒焦的「保」室房門。我很希望快點修好，鵜鶘先生也是，但警察說必須暫時維持原狀。

「要去哪裡？」我說。

他們回過頭，皮膚黝黑得令我差點噴笑。這就是標準的「暑假的孩子」啊。

「好黑喔。」孝太說。

「哪有你們兩個黑！」

孝太聽了先是一頭霧水，接著笑出來。

「不是啦，我不是說你，是門變得很焦黑！」

話才剛說完，孝太馬上驚覺說錯話了。不愧是孝太，關心別人的同時，總是會犯些小糊塗。

「抱歉。」

「幹麼道歉啊。」

我們邁步向前走。好久沒有三個人結伴散步，我有點緊張。愈是希望走路姿勢像個小孩，我的動作就愈不自然。

「嫌犯還沒抓到嗎？」阿正說。

「嗯。」

「是喔。抱歉啊，你等著，我們一定會找到嫌犯的。」

阿正也是立志抓到嫌犯的人之一。全班就數阿正最崇拜阿良，阿良個頭雖小，卻能當個威風的小混混，因此全班最矮的阿正在他身上看到了希望。

「找，要怎麼找？」

阿正見我發問，隨即露出得意洋洋的表情。

「當然是到處盤問啊！誰看起來可疑就找誰，問他祭典當天在幹麼！」

這種土法煉鋼的方法還是省省吧——我暗自吐嘈，但沒說出口。阿正八成只是想秀出「盤問」一詞而已。

我們在便利商店逛了一圈，又去赤垣柑仔店看了一眼，漫無目的四處閒晃。我們自然而然的繞過了廣場，不過這也沒辦法。

「要不要去學校？」

老實說，我很不想去，但也不想拒絕孝太的邀約。

國小門戶大開，未免也太不注意安全了吧。沒有游泳課還來學校，好像有點吃虧。我們進入校園，一會兒走上好久以前的畢業生留下的畢業專題花圃紅磚，一會兒被晒得火燙的遊樂設施燙得哇哇叫，最後坐在陰涼的洗手檯旁邊耍廢。

「前陣子我遇到阿類。」孝太說。

「阿類？」

「他去幫忙老爸做事了。在薪尾那邊。」

阿類的家在一個叫做薪尾的地區。以前大家為了驗證阿類的謊言，曾經去過那兒。

「好懷念喔。阿類在幹麼？」

「他變得瘦巴巴的。不對，應該說瘦回來了。」

當時阿良也在。他從籬笆的縫隙偷窺院子，說：「搞屁啊，階梯果然是騙人的嘛。」說完還「嘖」了一聲。那聲「嘖」實在太帥，有陣子我們流行嘖來嘖去，直到被老師罵才停止。

「你跟阿類說話了嗎？」阿正說。

「嗯，只聊了一點。他好像過得很好。」

「那傢伙祭典那天在幹麼？」

「我沒問那些啦。」

「是喔，阿類啊……那傢伙怪可疑的。」

「別這樣啦，阿正。阿類不會做那種事的。」

「我也這麼想。」

那個膽小鬼阿類，不可能做得出縱火這種大事。

「嫌犯一定不是村裡的人啦。」孝太說。

「阿慧，你有線索嗎？」

「當然沒有啊。」

「是外地人幹的嗎……」

到頭來，阿正只是想玩偵探遊戲而已。這座一成不變的村落，對我們小學五年級生而言非常無聊。阿正只是渴求刺激罷了。總有一天，這種「家家酒」肯定無法滿足他；總有一天，阿正也會跟阿良一樣變成小混混，不是抽菸，就是騎著機車到處飆。到時候他會渾身散發「無聊」的氣息，恐嚇年紀小的男生們。

「剩下十天。」

「與其如此，我還寧願早點開學咧。好無聊喔。」

「我都沒寫作業，好討厭喔。阿慧，你寫了嗎？」

「……沒寫。」

「搞什麼，你也沒寫喔。」

「唉……」

阿正站起來，將水龍頭開到最大。

「哇！」

我慘叫一聲，但水花噴到背上其實很舒服。水勢好像永遠不會減弱，嘩啦啦的不斷湧出，淋溼各處。既然到了這地步，阿正怎麼可能放過用手指堵住水龍頭的機會？只見他瞄準我們猛噴水，我們邊叫邊逃。飛濺的水花，在地上勾勒出圖案。

我瞥了孝太一眼。孝太的想法肯定跟我一樣，相信阿正也不例外。

我想起了愛撒東西的小梢。

那一天，小梢在石牆上注視著我的眼睛。那一天的雨，比水龍頭的水還冰冷。

「我知道為什麼撒東西很快樂了。」

被雨淋得溼答答的小梢，似乎為自己的新發現感到興奮。

「因為全都會掉下去。」

小梢的臉頰微微泛紅。她臉上的水珠，終究還是滾了下來。

「有些東西飛得很遠，有些一下子就掉下來，但它們最後都會掉下去。所以我才感到快樂。如果一直在天空飛，就沒這麼快樂了。」

我不懂小梢的意思。每次都這樣。小梢說的話太難懂，而且超級無厘頭。

「阿慧，它們全都會掉下來喔，所以才快樂啊。如果一直飛個不停，就沒這麼美麗了。」

「美麗？」

「對。」

小梢將淋溼的石子撒出去。水分似乎增加了石子的重量，轉眼間就掉下來。

「你看，一下子就掉下來了！」

在雨中猛撒石子的小梢，看起來跟腦袋壞掉的怪人沒兩樣。可是，我無法阻止她。因為我知道，她打從心底認為撒落地面的石子很美麗。

「小梢。」

我一直很驚訝。對於想觸摸小梢的自己感到驚訝。而且，我認為那一定不是好事。我知道，那一定跟「骯髒」、「野蠻」的某種事物有關。

即使如此，我還是無法將伸出去的手收回來。收不回來。我好痛苦，真的好痛苦。

當時的手指是那麼火燙、疼痛，現在卻恢復為原來的普通手指。這只是以男生而言過細的普通十根手指。

「你在發什麼呆啊！」

阿正瞄準突然停下來看手指的我，迎頭噴來一道水柱。

我驚叫一聲，但是冰冰涼涼的，好舒服。

「喂，你們幾個！」

頭上傳來聲音。抬頭一看，只見校長從校長室探出頭來。

「我知道玩水很舒服，可是不能浪費水啊！」

孝太乖乖答：「好——」

阿正也說了「對不起」。我什麼話都沒說，只是默默仰望校長。

祭典那一晚，校長似乎想告訴我什麼。

「這場祭典啊……」

當時傳來了警報聲。看著校長，就令我想起那天的事情。我的胸口又悶了起來，水珠從瀏海落下。

石牆崩塌得愈來愈嚴重。我們就是猛挖石牆的罪魁禍首，因此每當石牆崩塌，我就受到良心的苛責。

「好好吃喔。」

小梢吃著老爸做的飯糰。不知為何，老爸開始每天捏起飯糰，老媽說：「希望他不是三分鐘熱度！」

至於我，也開始吃起鹽巴飯糰了。一旦覺得它好吃，就再也不想吃包餡的飯糰，這對我而言，可是一項很大的變化。

「好好吃。」

老爸卯起來捏了好多個飯糰，連我都無法一次吃完。真奇妙，把早餐吃剩的飯糰帶到石牆吃，吃起來就是特別好吃。

「小梢，暑假作業寫了嗎？」

「寫了呀。」

「啥！」

「你幹麼那麼驚訝？」

「因為……妳什麼時候寫的？」

「我一直都在寫啊。可是，大家叫我不要讓你抄作業。」

「『大家』是誰啊！」

「呵呵呵。」

小梢賊笑著吃飯糰。以前她不會這樣笑。該怎麼說呢？這幾個月以來，小梢變得愈來愈像人類了。

「暑假快要結束了耶。」

小梢的語氣，就像個捨不得暑假結束的小孩。小梢的「小梢因子」愈來愈少，她變得愛笑、愛吃，也胖了不少。可是，在我心中，小梢並沒有變。我的意思不是「小梢不會變」，而是她的「位置」不變。我心中有個小梢專用的房間，它沒有房門，跟其他房間的界線也很模糊，但那就是小梢的房間。而那間房間，沒有任何事物能取代。

「暑假啊。」

溫泉的白煙四處升起，仔細一瞧，煙霧果然又消失了。

「校長啊。」

「嗯。」

「他不是說過嗎？祭典那一天。他說『總有一天，溫泉也會乾涸』。」

「嗯，對呀。」

「如果溫泉沒了，這座村莊會變成什麼樣子？」

小梢那雙色彩清透的黑眼珠骨碌碌轉動著，八成是在看溫泉的白煙吧。

「這個嘛。」

「一定很慘吧。畢竟大家的生計都仰賴溫泉嘛。」

我想像了一下將來溫泉乾涸的模樣，可惜想不出來。我無法好好想像事物的終結，就像我無法想像水龍頭出不了水。

「可是，」小梢將飯糰吃得乾乾淨淨，肚子鼓了起來。「就是因為無法永遠持續下去，所以才棒呀。」

她舔舔指尖。

「棒？」

「對。我想，如果大家知道溫泉永遠不會乾涸，那就沒這麼棒了。」
「溫泉很棒？」
「對啊，很棒。如果溫泉永不乾涸，那道煙、那道煙跟那道煙，就沒這麼棒了。」
小梢用舔過的手指指向四處升起的白煙。這幅景象我早就看膩了。那些煙寒酸無比，跟注定消失的香菸煙圈沒兩樣。
「這跟撒東西有關嗎？」
「嗯，有關。就是因為全都會掉下來，所以才棒。」
「全都會掉下來。」
「對。」
小梢望著我。
「阿慧，你也是。你不會永遠不變。」
「咦。」
「所以……」
此時，後面傳來沙沙聲。我嚇得回頭一瞧，原來是一隻戴著項圈的狗。牠有雙眼尾上揚的綠豆眼，白底帶著黑斑，看起來有點眼熟。

「阿類。」

「什麼？」

「是阿類的狗。」

有一天，阿類得意洋洋的說他養了隻稀有的狗。

「這是什麼狗啊。」

這傢伙邊吐氣邊伸舌的看著我們。牠逃家了嗎？薪尾到這裡滿遠的，瞧牠一副喜孜孜的樣子。

「過來。」

小梢朝牠一招手，牠就搖著尾巴開心的過來了。牠輕快的跳上石牆，毫無戒備的靠近我們。這傢伙埋頭猛聞我跟小梢的味道，然後用力甩動尾巴。

「好可愛。」

小梢一摸，牠甩尾巴的速度變得更快了。

「哪有？牠長得很奇怪耶。」

大臉大嘴配上一雙眼尾上揚的綠豆眼，這隻狗長得真好笑。對了，阿純曾開玩笑說牠長得像阿類，惹得他氣得臉紅脖子粗（怪了，不是對這隻狗很自豪嗎？）。

「乖乖。」

從前的我，根本無法想像小梢疼愛小狗的模樣。換成幾個月前的小梢，肯定只會一臉詫異的注視小狗。

「阿類應該在找牠吧。」

「要不要帶牠去找阿類？」

「怎麼帶？連牽繩都沒有耶。」

「放心吧，只要叫牠過來，牠就會乖乖跟著我們走。」小梢自信滿滿的說道。

小狗用鼻子哼了一聲，好似說著：「沒錯！」

小狗果真乖乖跟來了。從這裡前往薪尾，必須從來路的反方向下山才行。小時候走這條路，大家都說是「探險」，現在想想，爬這種小山哪算得上什麼探險，但小時候我們都覺得這裡充滿了神祕感。弘樹說曾在這裡看過鬼，我跟孝太也在這裡找到動物的骨頭，至於謊稱看過飛碟的人，當然是阿類。

小狗有時會花時間聞聞樹跟草，然後聞完就尿尿。

「過來！」

我叫牠過來，牠就搖著尾巴過來了。我從沒養過狗或其他動物，所以老實說這真令我開心。回想起來，小時候我羨慕阿類羨慕得不得了，即使我哭著求爸媽，他們還是堅決不肯讓我養動物。兩人總是撂下同一句話。

「養了還不是會死！」

哈！哈！哈！哈！哈！小狗一直伸著舌頭。阿類說狗只有舌頭會流汗，大家都怪他又說謊，但後來才知道原來是真的。沒有人向阿類道歉。

阿類家沒有變。

房屋四周的綠籬修剪得整齊美觀。好久沒有從縫隙偷窺院子了，心頭一陣懷念，看得我頭暈目眩。當時院子花朵盛開，如今卻變成小小的田地。放眼所見，有茄子、番茄、獅子唐青椒仔[9]。

9 一種細長型的青椒。

「阿慧，怎麼辦？」

小狗趴在小梢旁邊，臉上好似寫著：這位小姐本來就是我的主人。

「怎麼辦……讓牠進院子好了。」

「咦，要怎麼做？按門鈴？」

「門鈴……」

我不想見阿類的家人，也不想見阿類。畢竟怪尷尬的，而且我也不知道要用什麼表情面對他。阿類不來上學並不是我害的，但我就是沒把握像孝太一樣自然的跟阿類聊天。

「我來按嗎？」

「咦……」

我還來不及阻止，小梢已邁步往前。我忐忑不安的看著小梢，只見她俐落的按下門鈴。叮咚！門鈴聲大到連我都聽得見。

等了半晌，沒人來應門。我鬆了一口氣，心想：乾脆放狗進院子就閃人。咔啦！頭上忽然傳來開窗聲，抬頭一望，阿類在陽臺上。

「啊。」

阿類睜大眼睛看著我。孝太說的沒錯，他真的瘦回來了，不僅如此，他也長高不少，看起來像個大哥哥。如果他來上學，就是小學六年級生。

「阿慧。」

「呃，啊，好久不見。」

好丟臉，居然是我比較慌張。

「狗，喏，你、你的狗。」

阿類望向在小梢旁邊搖著尾巴的狗。

「魯查！」

對了，這傢伙叫做魯查。魯查這個名字一股腦勾起我的記憶，牠是鬥牛㹴。「鬥牛㹴魯查」這幾個字念起來很好玩，所以有一陣子我們常沒事喊來玩。

「牠逃家了，我們是在常盤城遇到牠的。」

「常盤城？」

阿類不是看著我，而是望著小梢。對了，這應該是他第一次見到小梢。拒絕上學的小孩——阿類，並不知道有個轟動全村的美少女轉學生，我突然覺得阿類真是虧大了。

「……謝謝，要不要進來？」

沒想到阿類會說出這句話。小梢望向我，我趕緊搖頭。

「不、不用了，我們只是送魯查回來而已。」

魯查悠哉的搖著尾巴，聞門的味道。這傢伙八成是逃家慣犯。

「那我下去。」

一說完，阿類走進房間。房間的白色窗簾隨風搖曳，那兒當時擺滿了我們最想要的玩具跟漫畫。謊稱陽臺有階梯的吹牛大王阿類並不討人喜歡，但他的漫畫跟玩具可是吸引力十足。阿類就像小孩版本的DONO，連變成家裡蹲後爆肥的部分也很像（雖然他現在瘦回來了）。

此時，有人從陽臺探出頭，嚇得我心臟差點停止。那不是阿類。陽臺上的人不是別人，正是DONO。

「DONO！」

我不禁大叫。小梢被我的聲音嚇了一跳。DONO看著我跟小梢，輕快的揮揮手。

我一時心慌意亂（想也知道），才剛想到阿類和DONO很像，DONO竟然就露臉了。

為什麼DONO在阿類家？

「DO……」

大門應聲開啟，阿類出來了。DONO趁著我將注意力轉移到阿類身上時縮回去了。我的心，依然七上八下。

眼前的阿類果真長高不少，小梢高我十幾公分，而阿類又比小梢高十幾公分。

「魯查，進屋去。」

魯查見大門敞開，便徑直跑進玄關，理都不理我跟小梢。

「謝啦，阿慧。呃……」

阿類說著望向小梢，一副大人樣的派頭。

「她是小梢，第一學期的轉學生。她現在住在我家的伊呂波莊。」

光是說起「伊呂波莊」這幾個字，就令我一陣心痛。

「這樣啊，妳好。」

村裡竟然有人見了小梢而面不改色，這倒是稀奇。

「你好。」

現在的他，已經不是那個被阿良揍的說謊大王阿類了。孝太為什麼沒有告訴我？除了「他好像過得很好」之外，還有很多事能說吧？

「你們真的不進來？」

阿類說起話來泰然自若，怎麼看都不像久久沒上學的家裡蹲。不僅如此，他的神色聰明睿智，一副比我們學識淵博的樣子。

阿類變了。

「嗯，我們還得去別的地方。」

我說謊了。阿類好耀眼，耀眼到令我無法直視。小梢望向我，但我裝作沒看見。

「是喔，那掰掰嘍。」

「嗯、呃，嗯……那個。」

「什麼？」

「呃，DONO、他在吧？我看到他了……」

「噢，嗯。在啊。」

阿類若無其事的點點頭。我好驚訝，他居然不覺得跟DONO在一起很丟臉，而且還邀他進家門。

「呃，那個，你們在幹麼？」

心慌意亂的人是我，覺得和DONO在一起很丟臉的也是我。我真是窩囊。

「讀書啊，除此之外，他也教了我許多道理。」

「DONO教你！」

我不禁大嚷。真擔心DONO聽見剛才那句話。

「DONO，呃，嗯，這樣啊，他教你讀書，還有許多道理？」

「對，各方面都是。DONO很博學，對我來說，他簡直跟師父沒兩樣。」

我不自覺望向陽臺。白色窗簾依舊隨風搖曳。

DONO就在那裡。他在那裡教導阿類讀書，還有「各方面的道理」。

真不敢相信。我實在無法將阿類口中的DONO，與在我們面前大喊漫畫臺詞的矬矬DONO劃上等號。

居然叫他師父！

「是喔，呃，幫我跟DONO問好……」

我脫口說出違心之論。旁邊的小梢低頭致意，阿類看著她，不知怎的，突然臉色一變。

「我們見過面嗎？」

「不，這是第一次見面。」

「是喔。」

魯查自從進屋後，便再也沒現身了。

✦

想見DONO時，DONO偏偏不見人影。

我好想找到DONO，問問他為什麼去阿類家。阿類說DONO教他讀書及各方面的道理，但這種說詞並無法滿足我。

結果，我直到暑假最後一天才見到DONO。

DONO在老地方（也就是學校前面的長椅）。明天才開學，但他還是拿著最新一集《Change!》坐鎮在此。坐等小孩經過的他，活像隻失去主人的狗。

「DONO。」

我從未主動對DONO搭話。不，小時候有，當時DONO還是我們的孩子王。現在說來沒人敢信，當年我們甚至還為了DONO爭個你死我活呢！

DONO很訝異我竟然主動搭話。他沒有出聲，但瞳孔顯然放大了。那副畏畏縮縮的樣子，與在阿類家輕快揮手的DONO判若兩人。那時的DONO，看起來有一點點，真的有一點點帥。

「明天才開學耶。」我邊說邊坐在他旁邊。

「我知道啊。」DONO說。

還是很矬。我對DONO抓緊緊的《Change!》沒有多大興趣。以前明明那麼迷這套漫畫，才過幾星期就膩了。我又沒做錯事，卻莫名覺得愧疚，刻意將視線避開《Change!》。

除了我之外，這裡沒有其他人。大家八成正努力抓住暑假的尾巴，沒有人會刻意來學校。學校大門敞開，卻無人進出，看起來格外冷清。

「魯查……」

「咦。」

想不到DONO提到了魯查。他若無其事的提起魯查，好像魯查是他家的狗似的。

「我完全不知道魯查跑出去了說……」

「喔、喔，這樣啊。我是在常盤城遇見牠的，阿類告訴你了嗎？」

「沒有喔——他只說：『現在才知道，原來狗能跑那麼遠』。」

「畢竟是狗嘛。」

「是狗喔……」

話題終止。說到底，我根本沒跟DONO單獨聊過天。

鳥兒從我們頭上飛過。大概是斑點鶇[10]。鶺鴒先生很喜歡這種鳥，他常常用那臺專業攝影機拍鳥。對了，祭典的照片還沒洗出來。

「你跟阿類感情好好喔，我都不知道。」

「可以這麼說喔！」

「阿類說，你教了他許多道理。」

「畢竟是國小課業嘛——不過，我也從阿類身上學到了不少喔——」

「咦？阿類教你什麼？」

「畫畫？」

「咦、咦、咦、咦，你該不會不知道吧，太扯啦——他超會畫畫的說——」

我真的不知道。阿類從四年級起不再上學，換句話說，我當時三年級。對我而言，阿類只是個說謊大王，我不僅沒看過他的畫，連他會畫畫都不知道。

「DONO，你在跟阿類學畫嗎？」

「是inspire喔——你知道inspire[11]是什麼嗎？」

「……不知道啦。」

「呵呵。」

10 棲息於西伯利亞北部及東北部的候鳥。

11 啟發。

DONO眉開眼笑。他常常擺出這種表情。

「嘿、嘿，我將來要當漫畫家喔——」

「咦！」

「你、你、你、你不知道喔？太扯啦——我將來要當漫畫家喔——」

「將來要當，意思就是還沒當上吧？」

「不是不到，時候未到，絕對會到喔——」

「……我都不知道。」

「阿類的畫跟漫畫就是不一樣，可以說跟夢境一樣喔。那些畫超怪的，而且是他真正看過的東西喔——」

「比如說？」

「哈、哈、哈，其中最棒的，大概就是在山上飛的飛碟喔！」

「啥？阿類說他看到飛碟嗎？」

「是啊——」

阿類沒有變。他長高又變成熟，我還以為他變了，結果還是那個說謊大王阿類。

我鬆了一口氣。

「阿類是說謊大王。」

DONO看著我，表情似乎有點傷心。

「沒有啦，我覺得畫畫很好啊。以前不知道他會畫畫，嗯，很厲害啊。可是……」

「可是？」

「他說自己畫的是真正看過的東西，那八成是騙人。因為阿類從小就愛說謊。」

「你怎麼知道他說謊？」

DONO目不轉睛的望著我。這或許是他第一次跟我四目相交。他看我的眼神，不像是大人看小孩的眼神。

「怎麼會不知道？他說陽臺有一座通往天空的階梯，還說家裡養老虎，想也知道是騙人的嘛。我們去他家看過，哪有什麼階梯，也沒有什麼老虎。」

「可是、可是、可是，如果阿類真的看到了呢？」

「咦？」

「或許在阿類眼中就是那樣喔。在他眼中，有通往天空的階梯，院子也有老虎。

他還畫了老虎喔。」

「可是……」

「我、我、我不知道你為什麼不肯相信他。」

這回DONO真的受傷了。瞧他的表情，彷彿他就是阿類本人，彷彿我傷害了眼前的阿類。

「DONO，你相信阿類說的話？」

「相信。」

DONO毫不猶豫的回答，鏗鏘有力，一改平時奇怪的說話方式。

「我相信。」

看得出來DONO卯足了勁。他手中的《Change!》被捏得歪七扭八。

「我相信別人講的話喔。在指責別人說謊之前，我不會想說『反正一定是假的』，而是會完全相信別人說的話喔。既然阿類說看到老虎，我就相信真的有老虎，跟現實狀況一點關係都沒有喔。他想要我相信什麼，我就相、相信喔。」

DONO很激動。但不是朗讀《Change!》那種激動。他現在一點都不矬。

「可是，萬一是假的呢？」
「什、什麼？」
「萬一你相信的事情，後來發現是假的呢？」
「到、到時，到時，我就會，真的，受傷喔。」
「真的受傷？」
「我不想因為怕被騙，就不相、相信別人喔。我會全、全部相信，然後自己發現被騙之、之後，再好好的受傷喔。」
「……」
「我、我，就是想這麼做喔。」
我想起了村裡人所說的「許多苦衷」。DONO原本很期待上高中，卻不再上學，總是玩些孩子氣的遊戲。
DONO手中的《Change!》好安靜。或許，DONO現在還是相信有《Change!》這樣的世界。而將來的某一天（不知道是哪一天就是了），他將發現沒有《Change!》這種世界，然後感到受傷。

如果真是如此，DONO一定在學校被取笑得很慘吧。大家肯定瞧不起他，認為他幼稚到不行。

「比、比如說，如果有人說自己是外星人，我一定相信喔。」

「呃。」我不禁驚呼。喉嚨卡痰，聲音變得怪怪的。

「絕對相信喔。管他是說謊還是說真的，他說什麼我就信什麼喔。」

我的心臟發出了怪聲。好像野鴿的叫聲。咕——咕咕，咕——咕咕。DONO在鬼扯什麼？他在說誰？

「外星人？」

「對喔。如果那個人說自己是外星人，我、我，就相、相信。」

「誰告訴你的？」

「咦？」

「誰告訴你的啊，DONO。」

「……沒有人告訴我喔。我只是舉例而已喔。」

不會吧。不，我連萬分之一的可能性都不敢想。

小梢？

小梢告訴DONO了嗎？

她把告訴我的那套「來自外星」的說詞說出去了嗎？她也告訴DONO，自己的身體永遠不變，而且是特地來地球學習「死亡」？

「我相信。」

DONO又說了一次。聲音非常堅定。這是強悍而滄桑的大人嗓音。我邁步離開，DONO的聲音卻仍然揮之不去。

「我相信。」

✦

到了夜晚，我才稍微鬆口氣。

夜晚與白日照亮一切的陽光不同，能將我隱藏起來。

比如明天就是開學典禮，我感到很鬱悶，但夜晚稍微減輕了鬱悶。或許只是天黑使我放棄掙扎，但在夜幕的懷抱中，能稍稍舒緩我的窒息感。

暑假作業沒救了。小梢真的不肯借我抄作業。死拖活拖到最後一刻的我當然有錯，但小梢的頑固也令我非常傻眼。

「阿慧，不行啦，作業要自己寫。」

數學、國語，麻煩的作業一大堆，其中最傷腦筋的就是日記。暑假前半段我都乖乖寫日記，但寫到八月十五日就停了。那天有祭典。

八月十五日　今天有祭典，可是我家被人縱火，所以祭典中止了。

我才不想寫這種事情。

不過這種話，無法成為兩星期沒寫日記的藉口。剛開學就被老師罵，然後整個星期都在放學後留下來寫作業，豈不是跟去年一模一樣？不同的是，去年的我沒這麼喜歡夜晚，甚至害怕夜晚。

到了夜晚，我總是莫名惆悵，而且所有東西的輪廓都變得朦朧，怪陰森的。夜晚對我一點也不溫柔。

可是現在，夜晚對我很好。黑夜遮掩了我的身形，我的輪廓融入黑夜中，令我心頭一寬。我屢屢希望黎明不要到來，一旦天亮，我的身體恐怕又會產生變化。蛋蛋每天都發疼，它們似乎正一點一滴變大。

✦

小梢在向我招手。

我跟小梢在石牆上，天黑了。小梢背對大大的明月，臉上卻彷彿打了聚光燈，表情一覽無遺。小梢笑了。她露出潔白的牙齒，無比幸福的燦笑著。

小梢一絲不掛。雖然她光溜溜的，身體卻一會兒變成皺巴巴的老婆婆，一會兒變成平胸的女生，一會兒變成柔軟、溫柔的女人。

我伸出手。我看得見自己的手，我就是我。可是，我不知道自己是大人還是小孩，不知道處於哪個時代。我透過自己的視網膜，一逕望著小梢。

起風了。

風勢強勁得幾乎肉眼可見，小梢的身體飄了起來。她的身體是粒子。小梢的身體由無數的粒子組成，飄起又飄散，不知不覺已與崩塌的石牆混合。石牆也是粒子，無數的小石子飄起又飄散，看不出究竟小梢在哪裡，哪些部分是小梢。粒子如雨水般從天而降，落在我頭上。

即使看不見小梢的形體，我還是能感覺到小梢。小梢的粒子與石牆的粒子進入我體內，身體變得好熱。好熱、好熱、愈來愈熱，我的身體好像也快飄起來了。我的身體一定會爆炸，然後粒子零落四散。好熱、好熱、好熱，我熱到受不了了——

「啊。」

我醒了。

在夢中，其實我隱約知道自己在做夢。即使眼睛睜開了，我還是覺得半夢半醒，朦朧之中，唯有被我踢開的粗糙毛毯莫名有真實感。

「啊。」

我的下半身有股強烈的解放感。溫溫熱熱的。我冷汗直流，有股不祥的預感。難道我尿床了？都升上五年級了耶。

匆匆起床一看，似乎不是尿床。有一股刺鼻的臭味，聞起來像是某種東西，摸起來黏黏滑滑的。我在窗口的光線下仔細看，是白濁的液體。

「啊。」

我一陣恐慌，覺得自己生病了。直到幾分鐘後（這幾分鐘內我簡直生不如死），我才明白那是「性教育課程」中所說的「夢遺」。但就算知道「那」是什麼，我還是靜不下心，羞恥害怕得不得了。

我「夢遺」了。

我無法對老爸老媽啟齒，因為我怕說出來，他們會猜中我所做的夢。這點我可受不了，萬萬不能接受。

「夢遺一來，就表示各位同學轉大人了。」

腦中響起小菅老師的聲音。

我終究還是轉大人了。無論如何逃避也沒有用，到頭來我還是轉大人了。

我打開檯燈，下床，然後悶聲哭泣。恐懼與絕望快逼瘋我了，但我又不能哭個沒完沒了。髒掉的睡褲跟內褲還等著我處理，我可沒時間慢慢哭。

床單只有一公分左右的汙漬，不洗也沒關係，我稍微鬆了口氣。緊接著，我邊祈禱邊悄悄開門，觀察外面的動靜。好安靜。老爸跟老媽一定還在睡。

看看時鐘，才剛過兩點半。我之前好幾次都在這個時間餓醒，然後到廚房煮拉麵、大聲吃麵，老爸老媽還是睡得死死的。因此，我很想告訴自己「別擔心」，只是今晚狀況不同。吃拉麵被撞見沒什麼大不了，但萬一我接下來要做的事情被撞見了，絕對死路一條。

我屏氣凝神下樓，光是樓梯發出嘰嘎聲，就令我心臟漏一拍。我悄悄回頭，沒有任何動靜。

洗臉檯的日光燈好刺眼。鏡中的我面色鐵青，跟死人沒兩樣。或許我體內失去了某種重要的東西吧。我在學校學到了「夢遺」，卻不知道自己排出的東西是什麼。那灘白濁的液體是什麼？類似小梢所說的靈魂嗎？還是其他東西？

我脫下睡褲跟內褲，一股腦扔進洗臉檯，接著弄溼衛生紙，擦拭胯下。黏黏稠稠的。好羞恥，真想一頭撞死。我匆匆從五斗櫃拿出內褲穿上，再套上運動褲。好像還有點溼溼的，有點噁心，但我可不想再脫一次。我不想看見自己的蛋蛋。

我斷斷續續用少量的水洗睡褲跟內褲。我本來喜歡洗東西，如今卻好想在臉上寫個慘字。眼頭再度一熱，但我忍下來了。

二樓傳來聲響。我頓時渾身發寒，好似一盆冷水迎頭澆下。我屏住氣息半晌，聽見木頭的嘰嘎聲。那不是老爸老媽發出的聲響，而是這棟房子所發出來的。

霹兮！

啪嘰！

好像木頭在火堆中裂開的聲響。

我不知道該怎麼處理洗好的睡褲跟內褲。溼答答的扔進洗衣機太可疑，用脫水機脫水又會震醒整個家，老媽睡得再沉也會醒來。我邊冒冷汗邊絞盡腦汁，最後決定出門。

伊呂波莊後牆跟隔壁旅館的圍牆中間有一道寬約一公尺的空隙，雜草叢生，沒有人會去那兒。我決定晾在那道圍牆上。那裡面對旅館的廚房後牆，沒有人會發現。等褲子晒得差不多乾，我再把它們扔進洗衣籃就好。

老媽很忙，八成不會在意我的睡褲去了哪裡，而且每天替換，她應該連我穿哪件褲子睡覺都不知道。雖然我很少在吃早餐時換好外出服，但明天起就是新學期，只要我裝出一副「早早整裝迎接新學期」的模樣，說不定她反而開心。

我打開大門，嘰——！聲響大得嚇人。平時開開關關不知多少次，我從來不知道這扇門會發出如此慘叫。

這個家也老了。

我突然感到無比惆悵。打從我出生起，這個家也悄悄的一步步邁向老化。下半身好冷。原因不只是「夢遺」，而是我的體溫正逐漸下降。

外頭昏暗朦朧。伊呂波莊牆上的電燈忽明忽暗，將後院照得冷冷清清。我避開光線走在暗處，簡直跟怪物沒兩樣。

手上的睡褲好重。明明已用力扭乾，水珠還是沿著指縫滴下來。好不容易換了運動褲，這下子膝蓋又溼了。我很想咂嘴，但又不想發出任何聲響。

此時，一條黑影一閃而逝。怦咚！龐大的黑影令我心臟狂跳，嚇死我了。抬頭一望，那是一條人影。那個人背對閃爍的燈光，站在後門口。那是個長髮女人。

有鬼！

腦中突然浮現這兩個字。三更半夜的，站在暗處的鐵定是鬼。我渾身雞皮疙瘩，動彈不得。耳朵嗡嗡作響，全身所有器官似乎都變成了心臟。

是縱火犯。

這是我腦中第二個想法。這種想法比撞鬼更恐怖。我雙腿發顫，不知不覺間開始渾身顫抖，不自覺將睡褲跟內褲掉在地上。

「啊。」

縱火犯回頭了。閃爍的燈光，照亮那個人的臉。

是外遇對象。

腦中文浮現了文字。明明那個人就在我面前，腦中的文字卻比眼前的影像更強烈。是老爸的外遇對象。

儘管隔著一段距離，我還是看得出她面色鐵青。老爸的外遇對象沒有像那天遇到我時揚起嘴角，而是鐵青著臉，一副世界末日降臨的樣子。

我們面面相覷半晌。現在我有很多選項，要麼大聲喊叫，要麼找大人幫忙，而最重要的是抓住她。可是我手足無措，只會傻楞楞的杵在原地。

就在這時，有個人從曉館走了過來。都這麼晚了，我真不敢相信，怎麼會一晚遇見兩個歹徒！

那個人筆直走來，他與嚇得失魂落魄的我們不同，步履穩健而從容不迫。是小梢。

小梢站在燈光下。

「小梢！」

我想說的話好多好多，但千言萬語都哽在喉頭。

「阿慧，你在幹麼？」

女子拔腿狂奔。她朝著曉館猛衝，活像隻狼狽的貓。

遇見小梢，使我體內湧現一股力量，身體也不再發抖。我朝著女子追去，奔跑的速度快得驚人。我知道小梢跟在後頭，我跟女子之間的距離愈來愈近。

女子跑得很慢，我真懷疑她是不是故意慢跑，好讓我抓住她。不久，她停下來當場蹲下，害我煞車不及，差點撞到她。

女子氣喘如牛，頭髮凌亂，髮絲間露出白皙的後頸。她肩膀上下抽動，但我不知道她是不是在哭。

小梢隨後趕上，與我一起俯視女子。小梢也氣喘吁吁，平時看起來一派輕鬆、彷彿不知流汗為何物的小梢，如今也汗如雨下。

「……不起。」

女子出聲了。聲音非常小，有如氣音。

「對不起。」

我頭暈目眩。我原本還冷血的懷疑是DONO縱火，不料卻遇上最壞的結局。我不想看，也不想知道，但偏偏又不能不把她交給警方。如果村裡的人知道老爸從前的外遇對象是縱火犯，不知會鬧出什麼風波。

女子似乎不想逃跑。或許是放棄掙扎了吧。她看了看小梢，又看看我。

「為什麼……」

我只擠出這三個字。現在的我們，將做出超乎我們能力範圍的事。區區兩個小孩子抓住縱火犯，而且即將改變她的人生。

不。

我算得上是大人嗎？

我這麼矮小又這麼害怕，只是經歷了恐怖的「夢遺」儀式，就必須裝成一副大人樣嗎？我必須學阿良破壞神轎、學DONO熬過慘烈青春，然後學老爸對女人流口水嗎？

「為什麼……」

這句話不是針對這女人，而是針對某種未知而龐大的力量。

我千祈禱萬祈禱，死都不想長大，但「祂」不肯實現我的願望。

這個女人也是。絕對錯不了。她一定不希望遇上這種未來，不希望變成老爸的外遇對象、在村裡被指指點點、最後還變成縱火犯。

反正都難逃一死。

既然我們每個人都會死，為什麼非得長大不可？為什麼非得變成大人，遭受這種折磨？

「我只是想幫忙……」女子說。

「咦？」

「對不起。我只是想幫忙……」

「幫忙？」

我聽不懂。縱火燒了伊呂波莊，究竟算哪門子幫忙？

「我知道這不是我該做的事……可是，我就是想幫忙……」

小梢跟我面面相覷。小梢好像也很驚訝。

「請等一下，妳不是來縱火的嗎？」

「咦？縱火？我？不是的。」

女子雙眼圓睜。大人常常說謊，我看不出這個陌生人說的話有幾分真假。對於她，我只知道她是「老爸的外遇對象」。

「不是我。相信我。」

「請問，妳叫做什麼名字？」

小梢突然發話。都什麼時候了，問這什麼問題？女子似乎也吃了一驚，但還是爽快的回答：「我叫知佳。」

「老爸的外遇對象」有了名字。

對我而言，「老爸的外遇對象」就是「寵物店的女人」。我將那個人趕出了我的人生，打死不看、不聽與她有關的任何消息。即使都在同一個村子，她在我眼中就跟無名氏沒兩樣。可是，既然知道了她的名字，我跟她——知佳小姐，就撇不開關係了。

「縱火的人不是我。」

知佳小姐直直的看著我們。

「可是……妳跟我老爸以前……」

我說不下去了。都是她害我滿腹委屈，我對她生氣，也對老爸生氣。我氣得不得了。看看妳幹了什麼好事！我真想大吼。

「對不起！」

知佳小姐跪了下來。我嚇得無法出聲。三更半夜的，在村裡的大馬路上，知佳小姐對我們跪地磕頭。我頭一次目睹這種場面，這可是大人最恭敬的跪拜禮。

「真的，真的很對不起！」

希望不要有任何人經過（雖然已經大半夜了）。從遠方看來，簡直就像我跟小梢命令她跪下。

「真的。我真的……」

我聽見咻咻聲。那是某種東西飛掠而過的聲響。或許是風聲，也可能是別的聲響。我的家會發出聲響，所以村裡的某種東西或許也出了聲。

「很對不起。」

知佳小姐沒有抬頭。我大可罵她「閉嘴」、「白痴」，但我什麼話都說不出口，只是受到了重重的打擊。

「對不起，對不起。」

知佳小姐頻頻磕頭。她的跪拜禮簡直無懈可擊，堪稱完美。我該怎麼辦才好？我應該用力踩爆知佳小姐的頭？還是應該掉頭回家？

「妳說想幫忙？」

發話者是小梢。我朝小梢瞥了一眼。剛才氣喘吁吁的小梢，已經恢復正常呼吸，她直直的俯視著知佳小姐。

「剛才妳說想幫忙，是什麼意思？」

知佳小姐維持跪拜禮的姿勢，娓娓道來。我應該叫她抬起頭，可惜什麼話都說不出口。

「我聽說村裡有人縱火，鬧得沸沸湯湯，然後又聽說失火地點是你家。」

知佳小姐卯足了勁。她拚盡全力對著年紀比她小許多的我們訴說，聲音沙啞，或許她哭了吧。

「我一直很想道歉，一直一直很想道歉。明明知道萬萬不可，卻還是常常來到你家附近。我想當著你跟令堂的面，好好向你們道歉。明知道自己沒有那種權利，但我就是想道歉。」

變胖的老媽，比平常還拚命工作的老媽。老媽知道老爸從前的「外遇對象」常常經過曉館，經過自己身邊嗎？

「弟弟，有一天我遇見你，還記得嗎？那時我根本不知道該怎麼辦才好。」

我想起了知佳小姐的笑容。她直盯著我瞧，然後笑了。那個莫名其妙的下午，哪有可能忘掉。

「我不知道該怎麼辦，所以笑了。因為我只擠得出笑容。」

我都不知道，原來那是拚命擠出來的笑容。我是個小鬼頭，哪裡知道大人會因為恐慌而笑。

啾啾！我聽見鳥啼聲。直到這陣子，我才知道鳥兒會在半夜啼叫；有時，貓咪會莫名聚集在一起；氣溫居高不下時，樹枝會驚人的彎曲。這些都是我親近夜晚之後才知道的。

「我不會想著要抓嫌犯，怎麼可能抓得到呢？可是我覺得，若是有人在這裡站崗，或許歹徒就不會想縱火了。」

知佳小姐不像在說謊。說著說著，她似乎不像是在對我們說話，而像是在自言自語。

「人家真蠢。」

我第一次看到有大人自稱「人家」。對了，她也是繼未來之後，少數叫我「弟弟」的人。

「人家真丟臉。真的。你覺得很噁心吧？對不起。」

知佳小姐真的哭了。她肩膀顫動，額頭緊緊貼著地上。

我望向小梢，小梢也直直回望著我。她不像我一臉為難，而我很慶幸她沒有問起知佳小姐跟老爸之間的過往。

「對不起、對不起。」

知佳小姐連續哭了十分鐘。

我跟小梢一言不發，只是不約而同的任由知佳小姐哭泣。剛才啼叫的鳥兒飛走了，但村裡依然聲響不斷。風聲、木頭裂開的聲響、水流聲、空氣衝擊聲，夜深了，村子仍充滿活力。

✦

知佳小姐哭完後，與我們一起離開，事情還是沒有任何結論。

然而，我不是走向曉館，而是走向反方向。小梢跟知佳小姐默默跟在後頭，我們三人都悶不吭聲。知佳小姐哭腫了眼，看起來比剛才孩子氣許多。

我發出了提議。

「破壞神轎吧。」

話剛說完，連我自己都嚇了一跳。這種事我連想都沒想過，無論是剛離開時，或是現在。

可是，一旦說出口，我不禁認為：現在的我們，也只能做這件事了。

「我們三個來破壞神轎吧。」

我不知道這是為了知佳小姐，還是一時衝動。說到底，破壞神轎根本對知佳小姐一點幫助也沒有，但我還是說出來了。話語超越了我的掌控。

「破壞神轎吧。」

而知佳小姐，也深深贊同我的提議。

「嗯。」

她孩子氣的點點頭，簡直像個小朋友。她沒有問我任何原因，就算她問了，我也沒把握答得出來。

「好期待喔。」

至於小梢，就真的只是期待著破壞神轎。她沒有察覺我們之間的凝重氣氛，這就是小梢。這幾個月來，小梢完全淪為愚蠢的國小五年級女生，而我則鮮明的回想起小梢在我夢中的「那種」模樣。我羞愧不已，責怪自己將小梢想成了成年女性。

我甩甩頭。我的衝動與知佳小姐無關，而是起因於剛才床上發生的那件事。這股想破壞神轎的衝動。

「夢遺一來，就表示各位同學轉大人了。」

我很害怕，一直很害怕。可是，我突然產生一個念頭，認為自己必須對抗這份恐懼。我想，這全多虧了知佳小姐。我不知道為什麼，但直覺告訴我非做不可。

廣場上空無一人。

闌珊的路燈之下，我們的神轎看起來比白天、或祭典那天更加淒慘，彷彿背負了所有衰敗之物的宿命。我沒有別開視線，而是意志堅定的想著：必須親手破壞這座神轎。

「會不會很重呀。」

小梢還是老樣子，只會講一些傻話。對了，我還沒問小梢為何三更半夜跑出來呢。說也奇怪，現在我並不想問她，反而只要她陪著我就夠了。

「很重啊，但非做不可。」

小梢並沒有被我突如其來的固執嚇退，只是率真的望著我，開心的點點頭。小梢光是看著我，就能帶給我勇氣。我從她身上得到了好多，而至今為止，我是否曾帶給小梢什麼呢？

「好好送它一程吧。」知佳小姐說道。

我的突發奇想，同樣沒有逼退知佳小姐。我們素不相識，她完全不了解我，照理說應該會覺得情況很詭異才對。

「送它一程？」

「嗯，你們不是都說『送神轎』嗎？」

「聽都沒聽過。」

大人們總是只會破壞神轎。他們只會跟猴子一樣鬼吼鬼叫，不知道亢奮個什麼鬼。

「你們不是都大喊『撒—伊—歐』嗎？」

知佳小姐走向神轎。小梢瞥了我一眼，然後也跟了上去。

「妳知道『撒—伊—歐』是什麼嗎？」

知佳小姐走到神轎旁邊，溫柔的撫摸殘骸。剛好是非洲那一帶。校長沒有回答我——不，應該說他沒能回答我。我不知道知佳小姐是否明白「撒—伊—歐」的含意，但既然要破壞神轎，我認為有必要知道。

「是重生啦。」

「蟲僧？」

「『重新誕生』的重生。你不知道嗎？」

重生。

原來，大人們一邊破壞神轎，一邊吶喊著重生。

「本來這只是由少數幾個人發起的祭典喲。很久以前，村裡有戶人家的小孩病死，於是那孩子的父母跟親戚舉辦一場祭神大典，以求上天大發慈悲，別再奪走小孩的生命。他們抬著神轎祭拜神明，祈求神明將神轎當成小孩的替代品。」

神轎是小孩的替代品。神轎被破壞時，我們的悲傷並非無病呻吟；拚命製作一座注定要被破壞的神轎，其中的懊悔不甘，都是正常的反應。

「久而久之，就演變成祈求重生的祭典了。無論奉獻多少座神轎，千拜萬拜，還是會有人死掉。小孩子會死，大家總有一天也會死，對吧？因為這世上根本沒有永遠。」

我望向小梢，小梢也望著我。

「無論是我們、房子、溫泉，都不是永生不死的；我們會死亡、腐朽、乾涸，可是這不代表結束，將來必定會重生。」

「重生？」

「對，以不同的形式重生。我們的身體會化成灰燼歸於塵土，變成某種東西，而房子跟溫泉也是。或許我們無法轉世為同樣的型態，但至少也希望能改變型態重生，或是變成一股無形的力量，促使其他萬物重生。這就是祭典的宗旨。」

知佳小姐靦腆的笑了。

「說了一堆，其實我也不是很清楚。」

「不，夠清楚了。」

真的夠清楚，甚至太清楚了。知佳小姐給了我想要的所有答案，收穫遠超乎我預期。她的話激勵了我。我的決心依舊堅定，非得親手破壞神轎不可。

這個念頭，究竟是哪兒來的？

這是我的想法嗎？從剛才起，我就覺得有一股力量驅使我這麼做，從背後推了我一把，是知佳小姐的話嗎？還是……

「我也好想親手破壞神轎喔。祭典上只有男人能動手，我一直都很羨慕他們。」

知佳小姐說著望向小梢。小梢嫣然一笑，臉上似乎寫著：我好想趕快弄壞它，想得不得了。

三個人抬一座神轎實在太吃力，但還是非做不可。早知道就帶棉紗手套過來，我什麼東西都沒帶，這下子只好徒手上陣了。被破壞了八成的神轎，木頭裂開的部分變得扎人，但沒有人喊痛。

「一、二、三！」

我們三人抬神轎撞向小廟底下的土塊。咱們力量雖小，但還是撞毀了稍有裂痕的部分。光是這樣，就帶給了我們勇氣。

知佳小姐的拚勁真不是蓋的。

她用力抬起神轎，運用全身的力量將神轎丟出去。捲起袖子的她露出二頭肌，健壯程度跟男生不相上下。

小梢也不落人後。經過幾次撞擊後，有一根木棒掉了下來，小梢頓時化身為大聯盟打者，揮棒打擊土塊。棒打無數回後，棒子終於斷成兩截。

我抱起最大塊的木板。半毀的木板上隱約看得出俄羅斯跟中國，我用膝蓋猛力一擊。膝蓋麻了，但我不在乎，只是一逕猛擊，直到它斷了一半，再一腳踩著、一手拗斷。俄羅斯四分五裂，中國則粉身碎骨。

我們無法大喊「撒─伊─歐」。離天亮還久得很，村裡萬籟俱寂。不能喊叫沒關係，反正我們擁有比喊叫更強悍的志氣。我們卯足全力，團結一心。

我還是覺得有一股力量在背後推動我，一直都這麼覺得。可是，隨著我們持續破壞神轎，我發現那股力量不是來自於外面，而是在我體內。不是有一股力量在背後推動我，而是我激勵自己，安慰自己。我一邊澈底破壞神轎，一邊哀悼神轎，有生以來，我頭一次嘗到這種滋味。

神轎已完全毀壞，東方的天空出現魚肚白。

我氣喘如牛，汗如雨下。

「……不要……」

儘管上氣不接下氣，我還是說了。我非說不可。

「不要來我家。」

知佳小姐也氣喘吁吁。看得出來她很累，彷彿稍微一推就會倒下。她閉著左眼，大概是汗水流進眼裡了。

「不要……不要再來我家了。」

說這句話完全不需要勇氣。沒有人從背後推我一把。我從體內把話說出口。我很強大。我的心靈比身體還強大。

「絕對……不要，再傷害，我老媽了。」

知佳小姐用力點頭。

「好。」

她看起來一點也不難過，反而神清氣爽，充滿朝氣。

「好。」

我望向小梢。

「小梢。」

我也有話想對小梢說。我沒有一絲迷惘。下半身好沉重。這不是肌肉痠痛，而是我的身體長大的徵兆。

「我喜歡妳。」

終於說出來了。

我想，這樣的想法應該早就存在我心中了。打從遇見小梢那一刻，我就喜歡她了。可是我漠視這份心情，不願意傾聽自己的真心話。我誤以為思念小梢，是一種骯髒的想法。

我一直躲避自己的心願，一路扼殺這份健康的渴望。

「我喜歡妳。」

蛋蛋開始發熱。但是我不否定這股熱能。好熱、好熱、好熱，這是我身上——我的身體所發生的一件大事。

「喜歡妳。」

知佳小姐裝作沒聽見。我暗自感謝知佳小姐。

「阿慧。」

小梢看著我。她願意看著我。她的眼睛是全世界、全宇宙最美麗的眼睛。她的眼神是如此率真，多虧那雙率真的眼睛，我才能做我自己。

「阿慧，謝謝你。」

小梢接下來說的話，我一字一句都銘記在心，永遠不會忘記。

「聽我說，我好慶幸自己有眼睛，也好慶幸有鼻子跟嘴巴。

在我們星球上，這些器官都不需要。既然注定永生不死，就沒必要觀看當下的每一刻，也沒必要感受當下的任何事物。

我們不需要吃東西，所以沒有嘴巴。

我們不需要聞味道，所以沒有鼻子。

我們只有眼睛。

可是，大大的眼睛只是裝飾品，沒必要觀看任何東西。因為任何事物都一成不變。

可是，我知道什麼是死亡了。

阿慧，我們正在變老。每天都產生變化。組成我們的粒子，每天都不斷變化。

每一刻的我們，都是不同的個體。

因為全新的粒子，做出了全新的我們。

於是呀，阿慧，我開始想見識事物。我好想見識更多更多事物。

祭典那一天，我跟媽媽第一次互相呼喚。其實根本沒必要呼喚，因為我們永遠不會改變，永遠都在。可是我們就是想呼喚。那一刻的媽媽，只有那一刻存在。那一刻的我，也只有那一刻存在。因此呀，我們好想呼喚，好想大聲呼喚。

阿慧也是唷。

你跟一開始不一樣了。前陣子的你已經不在了。我眼前的你，是全新的你，全新的粒子正在組成你。你在這裡，是出自於巧合，也是出自於偉大的奇蹟；而現在的你，很快也將變成全新的你。

阿慧，你一直不斷的變化。

所以我想看看。我想看看現在的你。不只是看，我也想呼喚你的名字，聞聞你的味道，舔舔你，摸摸你。

感受這一刻的你。」

我的蛋蛋從來沒有這麼燙過，燙得我快要發瘋了。

「阿慧，你對我是不是也抱著這種感覺呢？」

「我覺得是。」

我無法將視線從小梢身上移開。我一點也不想將視線從現在的小梢身上移開。現在的小梢終將消失，轉換成全新的小梢。組成小梢的粒子將流向他方，然後變成新的樹木、新的青草，以及新的我。

重生。

「小梢，我喜歡妳。」

我在話語中投注所有的情感。從前的小梢、現在的小梢、全新的小梢，以及從她身上傳遞給我的粒子們——我對這一切所投注的情感，幾乎要將我燒焦，然而即使燒焦，我也一定會重生。我會重生為另一個我，或是其他自然萬物。

「阿慧，我喜歡你。」小梢說。

我很高興，但勇氣更是泉湧而來。我的身體產生無比驚人的力量。我擁有了劃下句點的勇氣，也擁有了踏出第一步的勇氣、思念他人的勇氣。我的身體，我的粒子，八成正顫抖著。粒子正在呼吸，它們充滿活力，前所未有的活力。

「我明白這份情感了。所以，阿慧。」

我知道小梢接下來要說什麼。我強忍淚水。

「我要回去我們的星球。」

不料，淚水還是奪眶而出。知佳小姐轉身離去。她跟魯查一樣不告而別。我不去看知佳小姐。我忍住不看那個應該再也不會見面的人。

「渺小的永恆，必須劃下句點。」

小梢笑了。

「這樣才能變成巨大的永恆。」

✦

衣服隨風飄動。

那是我掉在後院的睡褲跟內褲。它們溼答答的掉在地上，沾了一堆泥土。我沒有把它們藏起來，反而裝進塑膠袋帶回房間，等待老爸起床。

我對老爸全盤托出，他用力摸摸我的頭，然後從我手上拿走塑膠袋，跟我一起去洗臉檯。老媽在廚房，我想她應該是在泡義式濃縮咖啡吧？家裡充滿香味。

好香。

對了，這還是我第一次覺得義式濃縮咖啡很香呢。

「好。」

爸爸充滿幹勁。這幾年來，老爸從來沒洗過衣服。老媽什麼都沒說。

我想，老媽一定什麼都知道。

無所不知卻閉口不談，這就是老媽的作風。

我想起知佳小姐。她一定睡得很香吧？希望她睡得好。

老爸在洗衣機面前手足無措，大概是不知道怎麼操作吧？但是，他並沒有向老媽求救。他花了老半天才啟動洗衣機，弄得滿頭大汗。

「問你喔，老爸。」

他拿起運動褲。我胸口微微一緊，不過倒是很快就下定決心。

「我的蛋蛋會不會怪怪的？」

老爸靜靜看著我猛然脫下褲子。他肯定嚇到了，卻面不改色。

「你說，會不會怪怪的？」

我的蛋蛋從內褲的束縛解放，窩囊的掛在胯下。在光線的照射下，黑中帶紫、皺巴巴的蛋蛋簡直無所遁形。

「阿慧。」

老爸開口了。我覺得他一定會說「不奇怪」。畢竟是親生父親，絕不可能說成長中的兒子「很奇怪」。不料，老爸卻說：「老爸的蛋蛋才奇怪咧。」

他說完就脫下褲子。我嚇得大叫。

「哇賽！」

那東西真的怪到不行。他的蛋蛋比我大上一倍，而且大小不一，右邊的蛋蛋活像打破蛋殼垂下來的雞蛋，左邊的蛋蛋則像是蹲縮著，四周都是密密麻麻的粗黑毛，正中央掛著一根微微左彎、跟壞掉的香蕉沒兩樣的雞雞。

「噁！」

我不禁脫口而出。我真的覺得很噁心。

「很噁爛吧？真的。」

老爸垂著眉毛，一臉窩囊。

「阿慧，你的蛋蛋很奇怪，老爸的蛋蛋也很奇怪啊。大家的蛋蛋都很奇怪。大家都很噁爛啦。」

他沒有說「所以別在意」。看來，老爸真的由衷認為自己的蛋蛋很噁心。他匆匆穿起內褲，但那幅駭人的景象已烙印在我腦海。

「原來覺得噁心是正常的？」

我也穿起內褲。

「因為噁爛就是噁爛啊。」

老爸的語氣真像小鬼。

「好噁爛喔。」

我緊緊握住自己的蛋蛋。大腿內側一陣雞皮疙瘩。

「老爸。」

「嗯？」

「不要傷害老媽喔。」

老爸注視著我。他的眼神很平靜，但我看得出一絲動搖。

「絕對不要傷害老媽喔。」

我不打算說出知佳小姐的事情。那一晚的事，是專屬於我、知佳小姐跟小梢的祕密。

不，其實還有另一個人。

是未來。

正要離開廣場時，我們遇見了未來。他一定看見了我們破壞神轎那一幕。在深夜的廣場上，未來肯定從頭到尾目睹了我們所做的事。

我們撞見未來時，他沒有說那句口頭禪。那句「我就是你的未來」。他只是默默望著我們，而我們也不發一語，雙方默默分別。

過了一天又一天，村裡還是沒有人知道是誰破壞神轎。

未來並不是腦袋不好，而是幫我們保守了祕密。

「下次你再傷害老媽，我絕對不會放過你。」

嘎噠！洗衣機發出巨響。這臺洗衣機從我小時候用到現在，老舊歸老舊，還是一尾活龍。它洗了我的睡褲、老爸的內褲，以及老媽的T恤。我聽見水花噴濺聲，我從小就喜歡聽這聲響。

「我知道了。」老爸說。

「我知道了，阿慧。」

然後，他朝我深深一鞠躬。他沒有道歉。老爸低頭時，我清楚看見他輕輕捏了自己的蛋蛋。不知為何，我對他的心情感同身受。

「話說在前頭，洗完衣服拿去晒才能交差喔！」

老媽從廚房大喊。

「啊，不對，晒完還得摺衣服喔！」

從今天起，就是新學期了。

✦

學期一開始，沒寫暑假作業的我們當然被留下來了。

「從今天起就要研究，到底要研究什麼啦！」孝太大叫。

孝太完全沒做自由研究[12]，阿正完全沒寫數學評量，阿純則是連漢字練習簿都搞丟了。

真是一群白痴。

小菅老師傻眼的回去教職員室了。其實我們大可偷偷溜回家，但大家蠢歸蠢，還是明白事情的嚴重性，所以沒有人離席。

「我每年都想寫暑假作業，可是每年都提不起勁耶。」

「成熟一點啦！」

「你五十步笑百步喔！」

暑假結束後，每個人都產生了不同的變化。儘管肉眼無法分辨，但他們一定變了。

「到底是誰砸爛神轎啊。」

「一定是阿良啦，想也知道。」

我默默寫著日記。我追溯到祭典中斷那一天，回想我的暑假。寫日記時，偶爾也得撒點謊。

12 日本小學生傳統的暑假作業。顧名思義，是不限形式、主題，自由尋找喜歡的領域來研究、探索的作業。

我吃了西瓜。

我玩了仙女棒。

在那之中，只要有一行真話，就令我心頭一緊。

老爸為我捏了飯糰。

我跟朋友去常盤城玩。

透過每一天的日記，一點一滴通向現在的我，令我感到踏實而感動。即使日記謊話連篇，八月十八日的隔天必定是十九日，接下來是二十日，再來絕對是二十一日。我沒有跳過、略過任何一天，而是經歷了每一日，才有現在的我。

「唉——早知道暑假就該認真一點！」

「你每年都這麼說！」

「成熟一點啦！」

我每天不斷變化，卻又依然是我，這不是奇蹟，什麼才是奇蹟？

✦

才開學沒多久，小梢就「回去了」。事情實在太過突然，但小梢心意已決。

「媽媽也說她決定了。」

小梢變得胖嘟嘟，照這體態看來，什麼時候月經來都不奇怪。

小梢說要從那座石牆出發。或許是顧慮到我（如果是的話，我當然很高興），也或許是因為那是她第一次「撒東西」的地方。無論如何，唯一能確定的是：常盤城是全村最高的地方。

「阿慧，你從來沒見過飛碟吧？」小梢語帶調侃的說道：「我想，那一定跟你想像中大不相同。」

我從來沒想像過飛碟會是什麼形狀，只是一逕注視小梢的笑容。我真不敢相信。我不是不相信飛碟的存在，也不是不相信小梢是外星人，而是不敢相信她即將從我面前消失。換句話說，我完全信了小梢說的那一套。小梢來自於「永恆」的星球，接下來將回去終結「永恆」——我接受了這項事實，就像接受水往低處流的自然現象。

小梢說過：「渺小的永恆，必須劃下句點。」她說，這樣才能變成巨大的永恆。

直到最後，愚笨的我，還是無法理解小梢所說的話。我無法理解，但我接受。這番話的重量，沉甸甸壓在我胸口，無法擺脫。

她們將在夜晚出發。

我偷偷從家裡溜出來，外頭一片漆黑，月亮不見蹤影。白天的酷暑銷聲匿跡，只有地面還殘留一點熱氣，時而向上蒸騰。

我曾經半夜出門，卻不曾半夜去常盤城。走在沒有路燈、沒有行人的路上非常可怕，樹木偶爾傳來沙沙聲，時不時將我嚇得屁滾尿流。

我好後悔沒帶手電筒。之所以沒帶，是擔心在黑暗中開手電筒會引人注意。自己的決心反倒害了自己，我只好在黑夜裡頻頻自我激勵。

「撒─伊─歐。」我說。

原本很討厭祭典中的吆喝聲，現在卻自然而然說出口。

毀壞的神轎將在週末焚燒。我告訴小梢至少看完了那一刻再走，她只是一笑置之。

「撒─伊─歐。」

我微小的聲音，融化在空氣中。儘管看不見融化的軌跡，但我突然覺得聲音真的很奇妙，居然能使人聽見，也能殘留。這陣子我常常這樣，腦中老是突發奇想。

上坡路好長好長，彷彿永遠沒有走完的一天。晚上走這段路，走起來似乎比白天漫長許多，有時還被某些東西絆到，但蹲下一看只是石頭。我這才發現，平常熟悉的一切東西，在黑夜中似乎都變大了。

「撒─伊─歐。」

眼睛逐漸習慣黑暗，過了一陣子，我瞥見人影。

難道我就是注定要在半夜看見人影嗎？

那不可能是知佳小姐，而且我也很怕在這裡遇見別人。那條人影從遠方看來實在很小，怎麼想都是小孩子。

想著想著，人影增加了。

果然是一群小孩。他們聚集在石牆旁邊，活像童話世界裡的劇情。我豎起耳朵，聽見了一些說話聲。

「阿慧。」

我回頭一看，人影朝我逐步逼近。我不害怕，因為這聲音非常耳熟。

「孝太。」

這下子，我全都明白了。

小梢那傢伙！

我想起了那一天。那天是小梢初次在石牆上撒石子的日子，當時她用舌頭舔掉我左眼的沙子，然後說出這句話。

「我從來沒告訴任何人。」

騙人。

她嘴上說從來沒告訴任何人，卻告訴了所有人！

我又失望又羞恥，耳朵頓時發燙。不只耳朵，我一想起小梢鮮紅的舌頭，蛋蛋也熱了起來，變得好燙、好燙、好燙。

搞什麼嘛，妳在搞什麼鬼啊，小梢！

湊近一看，孝太似乎也有點難為情。他的心情一定跟我一樣。

「……你也是小梢叫來的？」孝太說。

我們兩個簡直是大白痴。笨成這副德性，也只能笑了。

「哈哈、哈哈哈。」

一旦開始笑，就再也停不下來。最後，我跟孝太笑到前俯後仰。

「走吧。」

我倆忽然莫名來勁，邊走邊互搭肩膀。好久沒這樣做了。孝太乾掉的汗水，聞起來跟我一模一樣。

「反正大家一定都來了！」

抵達石牆一瞧，果不其然，班上同學都來了。而且一個都不少。

不只是班上同學，村裡的小孩也在這兒。有些人在石牆上，有些人倚著石牆。

低年級的小孩子在黑夜中來到這裡，想必需要很大的勇氣吧。大家都很興奮自己辦到了，於是盡情大聲喧譁，但這些聲音是傳不進村裡（也就是大人耳裡）的。

「阿慧！」

「孝太！」

大夥兒看見我們，紛紛高聲歡呼。他們似乎也只剩下「笑」這條路能走，現在，簡直就像一場專屬於小孩的慶典。

「搞屁啊，你們都相信小梢講的話喔！」

「你最好有臉說我們！」

我們互相比對小梢說過的話，結果完全一模一樣，唉。比如她來自土星附近的星球啦；那顆星球上的事物永遠不變，她是來地球學習「死亡」的啦；她將同一套說詞告訴我以及所有人，我既不甘心又羞恥，蛋蛋一陣發癢。

「你們在哪裡聽到的？」

希望地點不是常盤城。這裡是我跟小梢珍貴的祕密之地。雖然現在已在一堆小孩面前曝光，但我不希望任何人靠近我跟小梢的獨處時光。

「說是聽到的也不對……」阿純說道。

平常聒噪的阿純，如今卻變得吞吞吐吐。

「我也是……與其說是聽到的……」

杏奈也一樣。

「倒不如說是她向我說話……」

「啊，我也是！」

「我也是！」

大家異口同聲贊同孝太的話，個個看來如釋重負。

「向你們說話？」

只有我一頭霧水。可是不知為何，我並不覺得格格不入。

「我聽見了聲音。」

「聲音？」

「小梢的聲音。」

「我也是！」

「聽見聲音？可是小梢不是也在場嗎？她就在你面前，怎麼說是聽見聲音呢？」

「……不，不對。」

大家面面相覷。

「我聽見小梢的聲音時，她並不在場。」孝太說完，大家紛紛點頭。

「我是在家裡的浴室聽見的。暑假某一天，我游完泳回來，一進浴室就聽見聲音。是小梢的聲音。」

「小梢去孝太家？」

「不，只有聲音。」

「我也是。我是昨天聽見的。」

茉菜非常激動。

「昨天我摺手帕時，突然聽見聲音。是小梢的聲音。」

「我是在暑假前聽見的。」

「我也是。」

「我是祭典前一天聽見的。」

看來，大家分別在不同日期、不同地點聽見了小梢的聲音。

「聽見聲音，是怎麼個聽法？就像小梢在旁邊說話嗎？」

「我不大會解釋，總之不是從耳朵聽見的。」

「不是從耳朵聽見的？」

「對。該怎麼說呢？就像從腦袋裡響起……也不對，不只腦袋，是從身體裡傳出來的。」

「對、對！」

「我也是！」

「起初我覺得很噁心，完全不敢置信。感覺就像身體裡響起了小梢的聲音。」

「對。起初我覺得很驚訝，但後來就逐漸覺得……」

「早就知道了。」

「對啊，覺得自己早就知道了。」

「小梢所說的話，我早就知道了——這樣。」

「沒錯、沒錯！」

「然後呢，你們看見小梢了嗎？」

「看見了！就像跟小梢在一起一樣。」

「對啊，她不是在眼前，而是……該怎麼說呢，就像在身體……」

「對，就像在身體裡！」

大家非常激動。這也難怪，發生在自己身上的「妙事」，原來是一大堆人的共同體驗。

「你們為什麼隱瞞到現在？」

經我一問，大家全都閉上了嘴。大夥兒這麼長舌，怎麼可能忍住不說出自己身上的「妙事」？茉菜昨天才聽見，那就算了，暑假前聽見的水稀，以及祭典前一天聽見的阿正該怎麼說？

「……該怎麼說呢，」

阿正望向我。

「我本來以為只有自己遇見這種事。」

沒有人同意阿正的話，但也沒有人否定。每個人心中各有答案。

「呃，我想想……我以為這份經驗是只屬於自己的。」

「經驗？」

「就是覺得，『原來不是只有我經歷了這種體驗啊』。」

「對、對啊。原來不是自己獨享……」

「畢竟這是發生在自己身上的大事。」

「對。」

「所以，就覺得這是自己獨有的體驗。」

現場頓時鴉雀無聲。大家似乎正煩惱著該怎麼解釋。他們絞盡腦汁，拚命想向我解釋清楚。

「不知不覺間，我融入了這份體驗。而自從融入它之後，相不相信就不重要了。」水稀說。

「相不相信就不重要了？」

「對，什麼宇宙啦、粒子啦，那些話是很奇怪，但重點不在於相不相信，而是……我覺得『早就知道了』。」

「對，然後呢，」

「每天都感覺得到。」

「感覺非常強烈。」

「感覺到粒子。」

我看著大家，總覺得這一幕似曾相識。小梢做晴天娃娃的身影，再度浮現在我眼前。想當然，此時我腦中響起了小梢說過的話。

「我剛剛說的話，是我現在才知道的。」

不是腦中，是身體。

「或許我體內的小小粒子還記得那些回憶。」

聲音從我體內響起。

「因為我們知道什麼是靈魂，靈魂就是思想的集合體。」

小梢一定是在對我的靈魂說話。我的靈魂與小梢的靈魂「同步」，然後變成我的聲音。所以，我才會知道這些事情。

「靈魂。」

我不禁脫口而出。

「阿慧？」

「啊，嗯。」

「阿慧，你怎麼知道？」

「咦？」

「你不是問我們『在哪裡聽到的』？」

「對啊，是小梢她親口告訴你的嗎？」

「……沒有啦。」

「那你為什麼來這裡？為什麼今天特地過來？」

在這群人之中，只有我**親耳**聽見小梢說的話。可是我並不感到優越。大家所體驗到的妙事，如今我才正式體驗到。剛才聽見大家知道小梢說過什麼，我還吃醋得要死，現在我深深慶幸能與大家共享一份回憶。

「說來話長……」

大夥兒聚精會神，側耳傾聽。阿純還真的側著頭，我一方面覺得阿純真蠢，一方面也感到更加喜歡他了。

「我了解你們的心情。」

「你了解？」

「大家聽見了小梢的聲音，你們的心情我了解。」

這根本算不上解釋。如果照實承認是小梢親口告訴我的，豈不是簡單易懂多了？而且不知為何，我確定大家一定不會嫉妒我。可是我就是不想這麼說。我的身體所感受到的滋味，只能用「我了解你們的心情」來解釋——我這副中等身材，卻有異常巨大蛋蛋的身體。

「這樣呀。」茉菜說。

「也對啦。」

我的回答簡直有說跟沒說一樣，但沒有人責怪我。我們的共鳴難以言喻，無法用筆墨形容，大家分享各自的想法，而這反倒告訴我們——我們是一體的。正因為大家都了解同一件事，我才會格外珍惜自己心中的共鳴，或許這就是大家所說的「自己獨有的體驗」。在一片祥和之中，我不需要跟任何人比較，或許這種感覺才是「自己獨有的體驗」。

「那麼，這裡的所有人都一樣嘍？」

我說著環顧四周。爬上石牆玩鬧的低年級生，以及有點難為情的聚在一起的高年級生，大家都共享了這份體驗。低年級生似乎連自己來這裡幹麼都忘了，只是單純覺得在三更半夜參加孩子們的集會很刺激好玩。看著他們，我不禁覺得這群小孩應該直接聽見了小梢的聲音，而不像我們半信半疑、大驚小怪。低年級生將我們所放棄的能力充分儲存在身體裡，手舞足蹈、又叫又跳。

「噓！安靜！」

六年級生一聲令下，大家頓時鴉雀無聲。剛才的喧譁彷彿一場夢，此時的我們，比職業軍人還要紀律分明。大夥兒不約而同蹲下，上下一條心。

遠方的手電筒燈光映入眼簾。而且光線不只一道，而是好幾道。

「有人來了。」

「好多人喔。」

從人影的大小看來，他們不是小孩，換句話說——

「老媽！」

大人們來了。

「阿慧！」

老媽率先走在前方。她帶著一群大人，來到了石牆。

「你在幹什麼呀！」

「爸比！」、「媽媽！」大夥兒紛紛認出自己的父母，呼喚聲此起彼落（有些小孩甚至一見到父母，就如釋重負的哭出來）。老媽後面有老爸、君江阿姨、鵜鶘先生、小菅老師，甚至連赤垣柑仔店的阿姨跟校長也來了。

「怎麼會……為什麼……」

話說到一半，我立刻恍然大悟。

小梢的媽媽！

一定是小梢媽媽幹的好事。小梢對我們使出那一套，而她媽媽也如法炮製，將那招用在村裡的大人身上。那群大人們，肯定也跟我們小孩一樣，將那當成自己獨有的體驗。

話說回來。

我想起來了。一字一句都想起來了。

「我從來沒告訴任何人。」

小梢，妳這個大騙子！

妳們真是大嘴巴母女檔！

不對，妳們真是大嘴巴外星人！

「阿慧，你也是外星人啊。」

我聽見小梢的聲音。我在心中對那聲音怒吼：「閉嘴——！」吼完之後，我又笑了。我的笑聲，與小梢的聲音混在一起。

「幹麼，你在笑什麼啊，阿慧。」

阿正說完，自己也笑個不停。

大人的理解力就是不一樣，看著我們這群聚在石牆的小鬼，馬上就明白發生了什麼事。然後，他們發現自己居然跟小孩一樣信了那套天方夜譚，頓時羞恥得想找地洞鑽進去（相較之下，小孩還比較鎮定呢）。

「討厭，我就知道是鬼扯——！」

「我也是，我才不信咧。不信歸不信，但總是想親自驗證一下嘛，若是真的怎麼辦？」

「飛碟？飛碟？」

「你在笑我對不對！」

「真的假的？如果是真的，那就不得了啦。」

聽著聽著，我們指著大人們笑了起來。

大人們？

想想，這詞好像哪裡怪怪的。

這群愛面子卻又一臉興奮的大人們，跟我心目中的大人不一樣。不，應該說跟我以前認定的大人不一樣。

以前在我眼中，大人就是「大人」，從來沒想過自己有一天也會成為大人。現在的大人，就是以後的我們；我們的終點，就是成為大人。而我害怕這一點，抗拒長大。我不想長大變得裝模作樣、對女孩子流口水、只能跟小孩玩、被瞧不起、背負「許多苦衷」，一點也不想。可是——

「啊，DONO也在。」

「咦，那不是阿類嗎？」

DONO跟阿類並肩站在一起。

「我們見過面嗎？」

阿類之前對小梢說過這句話。他是正確的，他一定見過小梢了（在體內見過）。

而且，他肯定不加思索就接受了。低年級的小鬼們所擁有的能力，阿類一直都擁有。

阿類不是說謊大王。他從小就不是什麼說謊大王。

我注視著DONO。明明沒下雨，他卻穿著GORE-TEX的雨衣。他鐵定是預料到大家會聚集在這裡，所以特地穿來獻寶的。DONO好矬，可是料事如神的他，卻又好帥。

「我相信。」

DONO果然說到做到。他真的相信。無論對方的話乍聽之下多麼愚蠢、多麼像謊言，DONO還是決定堅信到底。DONO簡直帥呆了。

即使如此，我還是不想變成DONO。

「哇咧，是未來！」

未來笑嘻嘻的在我們之間走來走去。他替我們保守了破壞神轎的祕密。當時未來的眼神，看起來是如此率真，率真得澈底。對了，其實未來的眼睛跟小梢很像，那是一雙包容一切、人畜無傷的眼眸。

「拜託你別嚇人好嗎。」

「未來，夠了喔！」

「我就是你的未來。」

我也不想變成未來。即使未來的眼神溫柔率真，我還是不想變成他。就算「夢遺」來了，我依然無法完全放棄當個小孩。

然而，我安然自得。我一方面害怕，一方面也處之泰然。

我會跟著這副可怕的身體一起長大。

我無法抗拒也無能為力，只能逐漸長大。

「長大成人」並不是終點。大人也有自己的難題，直到死亡——直到死透，這段歲月終究只是一段奇蹟般的「過程」。我們只是湊巧遇上奇蹟般的偶然，才成為現在的模樣。

「啊！」

有人大喊。

「看那邊！」

君江阿姨舉手高指，但大家早已看見那東西。

我不知道那該不該稱為飛碟。那是光，一大片光出現在常盤城上空。光芒非常刺眼，令人無法直視，光芒時而扭曲，又產生新的光芒。盛夏的大塊積雨雲會逐一產生新的雲朵，而這片光，也不斷產生新的光芒。

「那是飛碟嗎？」

那片光不時映出畫面，像是人臉，又像是煙霧。當然，那是我們，是我們的村落。

「啊！」

「是我！」

「是那個時候！」

小梢跟她媽媽所見過的一切，在畫面上一覽無遺。那是她們所接觸過、感受過的一切。畫面時而扭曲，令人完全看不清楚；當我定睛一看，畫面又在亮光中變了樣，周遭甚至有時忽明忽暗。

「每一刻的我們，都是不同的個體。」

我聽見小梢的聲音。她的聲音，在我的體內及光芒中振動。

小梢與她媽媽好似想刻下記憶中的每一幕，滴水不漏的記錄了所有時光。那些時光變成了鮮豔又刺眼無比的光芒，呈現在我們眼前。

「那是飛碟嗎？」
「跟想像中不一樣耶！」
我瞥見自己的臉。我的臉扭曲變形，跟旁邊阿類的臉揉合在一起。緊接著，它們變成耀眼的光芒，來到我們跟前。
「欸，是真的耶！」
「好刺眼！」
「好刺眼！」
「欸，可是我們認得這東西！」
「沒錯！」
我望向DONO，他哭了。DONO的哭臉閃耀著金黃色光芒，彷彿下一秒就要爆開。另一方面，站在他身旁的阿類則神色淡然。他靜靜看著光，似乎在確認著什麼。阿類一定見過這飛碟。他見過這片光芒。要我說幾次都行，阿類不是說謊大王。
相信吧！
我想相信。無論誰說了什麼、誰做了什麼、聽見什麼聲音、感受到什麼氣息，我都決定相信。我腦中突然強烈的浮現這個念頭。這個念頭、這個決定，絕不是小孩子扮家家酒，而是成熟大人的行為。不，這跟大人或小孩無關，而是我們人類正常的行為。

想著想著，不知為何，我潸然淚下。

哭泣的人不只是我，也不只是DONO。阿類、阿正、孝太、老媽，這裡的所有人都哭了。有些大人一定沒來，比如放眼望去，我就是找不到知佳小姐。或許她決定不再出現在我老媽面前吧。可是知佳小姐跟不在場的其他人，一定也正在看這片光，這片山上絢爛耀眼的光芒。然後，她將在光芒中找到自己的身影。

「那是我嗎？」

「那是我？」

「那是你嗎？」

誕生在頭頂上那些光芒，不久變成小小的粒子。它們變成微小無比的粒子，降落在我們上方。不知不覺中，我的身體發光了，而其他人也不例外。

幼小的孩子們，一邊自體發光，一邊捕捉著光。一伸出手，光粒子旋即飄向手心，接著消失。不，不是消失，而是進入我們的體內成為新的粒子，組成全新的我們。然後，它們又從我們體內誕生，飄向別人的身體。我們四周充滿著飄散、飄起的光粒子，有時粒子中浮現縮得奇小無比的臉龐與村莊景象，可是一旦想捉住它，又立即消失無蹤。

大家都平等的沐浴在光芒中。光粒子從山上四處擴散，落向村莊。村莊明亮如白晝，大家都沐浴在光芒下，沒有例外。DONO是，未來也是。

我還是不想變成DONO，也不想變成未來。但我打從心底認為，幸好有DONO跟未來陪著我們。

或許DONO跟未來就是我。

我周遭有著村民們各式各樣的軀體。那些渺小而受到祝福的粒子，組成了一個個奇蹟般的軀體。

在那之中，我只能是我。在萬般巧合之下，由粒子偶然組成的我，**就是不折不扣的我**。

「渺小的永恆，必須劃下句點。」

我明白小梢這句話的意義。現在，我終於明白了。

總有一天，我們一定會死。我們非死不可。溫泉、石牆、樹木，總有一天會消失。消失雖然可怕，但永遠留下來更為可怕。假如永遠留下來，就不能將粒子交給自然萬物，無法與自然萬物交流。

我們必須鼓起勇氣與別人交流。

我們必須鼓起勇氣，將自己的粒子給予他人。我們必須鼓起勇氣想像，或許其他人就是自己。傷害他人，幾乎就等於傷害自己。我們千萬、千萬不能傷害任何人。

我就是大家。

我就是我，同時我也是大家。

我心知肚明。

我這條命——這渺小的永恆，總有一天將融入群體的巨大永恆，流傳下去。即使身體腐朽、心臟停止跳動，只要我是大家的一分子，我的「自我」，將永遠不會消失。

我很清楚。

我們互相交換粒子，一面腐朽，一面卻又永遠留存。

「那就是靈魂啊。」

小梢一定會這麼說。這點我也知道。我的靈魂知道。即使肉體毀滅，也會永遠留下來。小梢將思想與靈魂留給我們，給予我們所有的粒子，回到了自己的星球。

不知光雨下了多久，也不知光粒子之間交流了多少時間。我們的時間感變得很奇怪。小梢說時間並非固定不變的，這我才不管呢。當時的我們，就是如此喜愛那裡。人山人海的常盤城、一張張閃著金光的臉龐、時而撲鼻的硫磺味，我們愛著這一切，全心沉浸其中。儘管光芒消失了，我們還是無法自拔，個個屏氣凝神的佇立在原地，彷彿回味著剛才的時光。

回歸黑暗後，方才的景象就好像一場夢。常盤城古老腐朽、樹木無力的互相依偎，空氣也很潮溼。沒有鳥啼聲，也沒有風。不過，聲響倒是有。村子一直發出聲響。

孝太的一句話，將大家打回現實世界。

「小梢，妳也撒得太狂了吧！」

我噗哧一笑。

大家邊哭邊笑。沒錯，這是小梢最喜歡的事情。她喜歡撒東西。小梢在最後一刻豪邁的撒出「自己」，然後回家。她公平的撒給了所有人，以及自然萬物。
我邊笑邊哭的望著天空，久久不能自已。光芒消失了。此時，我思念起一個人。
我強烈思念著一個剛死不久的美麗女孩，她叫做小梢。

✦

神轎殘骸燃燒殆盡的隔一天，來了一個轉學生。
祭典沒必要重辦，只要大人小孩聚集在一起，悄悄點火就夠了。沒有人喊出「撒—伊—歇」，也沒有人將家裡不要的東西拿來燒。
大家靜靜看著神轎燃燒。火焰時紅時藍、時而變成紫色，白煙裊裊升起，光是看著，就能使人沉浸在無比的哀悼氛圍之中。
轉學生叫小空。
她跟媽媽來到村莊，令人不敢置信的是，她們居然住在伊呂波莊。
又來了！這麼想的人不只是我，她一自稱小空，教室裡的所有人便互相使眼色。
到底在演哪齣啊？

這村子變成外星人的旅遊勝地了嗎？

還是伊呂波莊？

儘管大家沒有出聲，他們的眼神卻道盡了一切。我承受了所有人火熱的視線。

老媽說又有母女檔來到伊呂波莊了。老媽笑著說：「該不會又是外星人吧！」見到她們本人之後，我們嚇得倒抽一口氣。

小空跟她媽媽的臉，就跟我們想像中的外星人一模一樣。

她有一雙眼尾上揚的烏溜溜大眼，鼻子窄小、鼻孔如豆，嘴唇薄到不能再薄。不僅如此，她的下巴尖銳，手指超級長，指節明顯。

當我們瞎了是不是？

大家都這麼想。不是應該跟地球人借身體才對嗎？為什麼非得忠實保留自己的「真面目」？

不過，我們學聰明了。不一定每個外星人都來自於小梢的星球。這麼一想就更怪了，為什麼這村莊、這個班級，甚至伊呂波莊，在外星人之間如此受歡迎？然而，我們並不驚訝。我們努力不驚訝。畢竟前幾天才發生奇妙無比的事情。我們並沒有忘記，那群朝著我們降落，又從我們身上誕生的光粒子。

世界上無奇不有。

相信吧。

小空注視著我，然後又別過頭去。過了老半天，我才明白自己被忽略了。但我並不氣餒。原來如此，她是這類型的外星人啊！我暗自嘀咕，跟著大步走開的小空離開教室。臨走時，班上同學臉上好似寫著：交給你嘍！

今天是陰天，但我們的影子還是淡淡的落在地面，乖乖跟著我們。現在的我，可不會認為影子跟上來是天經地義的事。

「妳不覺得硫磺味很像某一種味道嗎？」

「妳對獨角仙有興趣嗎？」

「可爾必思超好喝的，對吧？」

我想到什麼就說什麼，但小空完全不答腔。不過，既然她沒有跑掉，代表還有一線希望，因此我繼續攀談。一樣米養百樣外星人，小空的星球鐵定還沒有「聊天」或「笑」的概念。才認識小梢一個外星人，我就把自己當成外星專家了。

抵達伊呂波莊後，小空一溜煙進房。那是「仁」室，也就是小梢住過的房間。

「明天見！」我說。

想當然，小空還是沒有任何回應。

在警察的許可之下，鵜鶘先生修好了「保」室的房門。由於只有房門重新上漆，反而晶亮得突兀。到頭來，還是沒有抓到嫌犯。可是不知為何，我一點都不害怕。那天在常盤城看著眾多村民，我突然不在意縱火的事了。

小空的媽媽與她不同，親切又好相處。每次遇到我，她總是笑著說：「要跟小空做好朋友喔。」偶爾還會給我糖果。

看來，小空星球上的生命體，並非每一個都不懂得聊天、不懂得笑。

宇宙真是浩瀚，我想。

宇宙中有很多星球，也有各種生命體。小空媽媽就交給老媽她們大人應付，我決定專心對付小空（雖然我能做的，頂多就是跟她一起放學，拚命找她說話）。

小空在學校總是臭著臉。茉菜跟杏奈向她搭話也完全不買帳，死也不肯笑一下，久而久之，她開始在下課時間搞失蹤。有時她在體育館後方，有時她在室外走廊，好似在昭告天下：別來煩我。

我們認為「這個外星人真是難搞」。下課時，我們會趁著小空不在，討論該如何讓小空融入這個星球。

「搞不好小空根本不想來這個星球啊。」

「難道她討厭地球？」

「或許喔。小空那星球的生命體，一定不能自由選擇要去的星球。」

「這樣好可憐喔。」

「可是，她媽媽整天都笑臉迎人耶。」

「所以嘍，想來的人是小空媽媽，不是小空啦。」

「有可能喔！我原本也不想來這裡。」

「阿純起初鬧彆扭鬧得可凶了。」

「很難不鬧彆扭啊。」

「該怎麼做，才能讓她喜歡這裡？」

「就是說啊。阿慧，小空泡溫泉嗎？」

「我哪知道，我是男的耶。」
「是喔，那我們女生下次邀她泡溫泉好了。」
「可是，她們的偽裝很爛，搞不好身體根本跟外星人沒兩樣喔。」
「好討厭喔。」
「我們也是外星人啊。」
「對啊，告訴她『身體不一樣很正常』嘛。」
「就是說嘛，每個人的身體都不一樣啊。」
「不一樣很正常啊。」
「對啊，如果不一樣代表不正常，那大家都不正常了。」
「不然這樣好了，乾脆告訴她『我們早就知道妳是外星人』，怎麼樣？」
「不錯喔！」
「不，最好不要，還是等小空自己承認比較好啦。」
「如果偽裝破功，搞不好會有整人處罰等著她喔。」
「什麼整人處罰啦！」

我們討論得非常熱烈，大家你一言、我一句，遲遲得不出結論。我們不採取多數決，不厭其煩的討論。小空直到快上課了才回教室，而我們只敢偷偷觀察她。

兩星期後，小空出現了變化。

那一天，我照常跟小空結伴回家。老樣子，說是結伴，其實只是我在她旁邊一直自言自語罷了。

「常盤城的歷史很悠久喔。」

「別看DONO那副德性，其實他是個大好人。」

「有個叫做阿類的學生曠課很久，但最近他又回來上課了。」

我邊說邊望著小空，只見她低著頭，一副無聊透頂的樣子。然而，那張一成不變的撲克臉，似乎有了一點點反應。這微小的變化，只有成天仔細觀察她的我才看得出來。

「這條大馬路，每年祭典都會有神轎經過喔。」

就在此時，小空眼睛的顏色猛然一變。黑眼珠變得更黑，如此細微的變化，仍然難不倒我。

「大家一起做神轎，然後讓小孩子抬來這裡遊街。不只是村裡的人，連遊客也會來參觀喔。」

小空對此大有反應。她的黑眼珠變得溼潤，微微動了動。我不知道這代表什麼，但很高興這話題觸動了小空，於是繼續往下說。

「神轎會在那邊的廣場獻給神明。我們抬神轎撞山，撞壞後再燒掉。乍看之下很野蠻，但其實這是重生的儀式喔。」

小空終於停下腳步。我心跳漏了一大拍，從來沒這麼緊張過，害我差點以為自己喜歡上小空了。

「溫泉總有一天會乾涸，樹木會枯萎，我們也會死。可是，這並不是終點，我們將會成為新的自然萬物——這場祭典的宗旨，就是祈求重生。」

對了，小梢回母星後，校長來找我了。我以為他要跟我說什麼，想不到只是拍拍我的肩。

「起初我很討厭這項祭典，但現在的我……」

「火災。」

「咦？」

小空第一次開口說話。我高興得全身起雞皮疙瘩，但萬一太過亢奮，我怕會嚇到小空。我強裝鎮定，仔細聆聽小空的話。

「祭典那天失火了，對吧？」

失火？她是指伊呂波莊嗎？

「嗯、嗯，妳是說我們家嗎？伊呂波莊燒起來了……」

「那是我幹的。」

「咦？」

我頓時腳底發涼。

「火是我放的。」

小空注視著我。她眼尾上揚的大眼睛略帶溼潤，小小的嘴唇抿得死緊。這張令人強烈聯想起「原型」兩字的臉，正微微顫抖著。

「是、是喔。」

小空星球的生命體，難道是藉由嚇唬別人來學習新知嗎？那麼，我可得好好嚇一跳才行。可惜我的身體僵直又發寒，一點反應都沒有。

「是喔，火是妳放的。」

「你沒嚇到嗎？」

看來沒嚇到沒辦法交差了。我拚命睜開雙眼，但還是裝不出驚訝的表情。小空烏黑的眼睛直盯著我瞧。

「你不生氣嗎？」

「生氣？」

「是啊，我燒了你家耶。」

「喔、喔，這樣啊。」

「你不問我原因嗎？我不介意你把我交給警察喔。」

「警察……原因……」

我傻楞楞的複述她的話。我終於嚇到了。嚇到歸嚇到，卻氣不起來。一定有原因，我想。小空的星球要求她放火，一定有什麼原因。

「呃，那個，為什麼？」

「咦？」

「為什麼要放火？」

小空輕咬薄唇。原來她也有這種表情啊——我情緒激動，內心的想法卻很冷靜，簡直像是體內有另一個我。那一夜，從體內驅使我去破壞神轎的自己，又甦醒了。

「……因為我不喜歡。」

一問之下，她答腔了。小空一定很想說出來。

「不喜歡什麼？」

我們杵在路邊，赤垣柑仔店的阿姨跟阿信哥不時路過，但他們只是稍微瞥一眼，沒有出手干涉。他們臉上也寫著：交給你嘍！

「如果妳不想說，就不要勉強。」

我努力擠出最沉穩的嗓音。我一點也不想給小空壓力，因為她正打算說出關係到自我本質的大事。

「……我不喜歡來這裡。」

「這裡？妳是說這村子嗎？」

小空輕輕點頭。我現在才發現，其實她是個嬌小的女孩，我比她高出足足一個頭。

「這樣啊。原來妳不喜歡來這裡。」

我知道抬頭看著比自己高大的人，心裡肯定有點不甘心，更何況小空是女孩子。說不定她有點怕我。

「不喜歡。」

小空沒有避開我的視線。她抬著頭，直勾勾的注視我。她真是個勇敢的女孩，我想。

「媽媽她……」

小空口中的「媽媽」聽起來字正腔圓，一點也不含糊。

「她突然說要來這裡。她說要跟爸爸分開，搬到這裡來，還說要住在溫泉旅館的員工宿舍。關我什麼事呀，我又不想轉學，可是媽媽說沒得商量。」

我看到未來在遠處走呀走。他身體右傾，似乎在找人。

「她說我一定會喜歡上這裡，還說趁著搬家前先來看一下環境，所以我們就來了。媽媽說祭典一定很好玩。」

原來祭典當天，小空在這裡。她跟著媽媽前來參觀我們的神轎。

「當天妳住在曉館嗎？」

小空坦率的點點頭。那天小空的媽媽大概決定要在曉館工作，然後告訴她以後將住在伊呂波莊，也就是員工宿舍。

「我不喜歡這裡。」

小空的眼睛不斷顫抖。她可能很想哭，卻缺少了什麼；淚水留在眼眶，遲遲不落下。

「我心想只要燒掉住的地方，就不必搬來了。」

她不必說我也知道，但我還是想聽到最後。小空想說什麼、想傾吐什麼，我都奉陪到底。

「我趁著媽媽看神轎時偷偷溜出來，因為她看到恍神了。她有時會這樣，偶爾還會忘了我。不只是我，她也會忘了爸爸，只專注在自己著迷的事物上。」

未來四處探頭探腦，一臉擔心的偷瞄我們。或許未來是在找小空。畢竟他很貼心，非常貼心。

「我不喜歡。我不喜歡來這裡。我得被迫跟朋友分開，這裡偏僻又鳥不生蛋的。我也不喜歡溫泉的味道。」

小空的聲音稍微大了些，我想有些人一定聽見了。整座村莊，肯定正側耳傾聽小空的話語。

「這樣啊。」我簡短搭腔。

還是不要對小空說什麼吧，我想。我決定全盤接受小空的話語和想法，就這樣。

我腦中浮現小梢。小梢對我的話總是沒什麼回應，一副興趣缺缺的樣子，令人擔心她根本沒聽進去。可是，小梢鐵定接受了我。這點我很清楚。小梢擁有全世界最美麗的眼眸，那雙眼眸率真的注視著我，絕對不會任意批判我。她注視著我以及我的一切，所以我才能做自己。只有小梢，能讓我放心說出無法對別人啟齒的話。

因此，我想成為小空的「小梢」。我想成為一個能接納小空最真實一面的人。

或許我就是小空。

或許小空就是我。

因為我就是大家。

「這樣啊。」

我沒有避開小梢的視線。那雙黑而溼潤的眼眸，映照著我。我瘦了一點，說不定我長高了。

我們互相對看了一會兒。未來從遠方偷看我們。赤垣的阿姨莫名來回路過好幾次，我聽見遠方傳來小孩的聲音——是孝太跟阿正。

「我們去常盤城吧。」我不自覺脫口而出。

「我們去常盤城吧。」我再說了一次。

「常盤城？」

小空反問，但看起來並不排斥。她默默的跟著我走。

背著書包去也沒差吧。我下定決心，要去小梢撒下「自己」的地方。

「城堡很老舊就是了。」

我不走山間小徑，因為不想害小空的腳受傷，而且未來正隔著一段距離跟著我們。小空知道未來在後面，卻什麼都沒說。我們沿著來路往回走。

路過校門口時，我跟坐在老地方的DONO四目相交。DONO用力點點頭。這帶給我驚人的勇氣，他的信心流入我體內，成為我的血肉，從內部鞭策著我。DONO給予我莫大的幫助。總有一天，我也想成為一個能幫助DONO的人。

「風景很漂亮喔。」

我的雙手充滿了粒子的觸感。小小的粒子、略大的粒子、尖尖的粒子、圓圓的粒子。我感受到各種粒子的顫動。

或許小空不會再開口了。可是她一定會撒石子。屆時，她可能會哭。她一定能哭出來。

現在，我知道小空其實是地球人，而不是來自於其他星球。我終於明白，她是個長得像外星人的女孩，可是那又怎麼樣？

「阿慧，你也是外星人啊。」

小梢的聲音縈繞在我耳邊。小梢已經不在了，但我跟她變得比以往更形影不離。

我們都是外星人。

我們是由許多粒子所組成的生命體，只是湊巧生成這副模樣罷了。

小空跟了過來。她有點喘。

小空也是生命體。偶然誕生的生命體。
她是將來注定要死亡，而且能將自己身體的粒子給予自然萬物的善良生命體。
我們邁向常盤城。常盤城的石牆接納了終將腐朽的命運，坐鎮在那裡。
對了，鶺鴒先生把祭典的照片洗出來了。
好多張照片都有小梢。她變得胖嘟嘟，氣勢十足。照片中的她充滿活力，真不敢相信她已經不在了。
我拜託鶺鴒先生將小梢笑得最燦爛的照片讓給我。她笑得連臼齒都露出來，鼻子皺皺的，臉上連一點美少女的影子都沒了。但那就是小梢。那是我最珍貴、最永恆不變的小梢。

小麥田
故事館 59
撒落的星星
まく子

作　者　西加奈子
封面插畫　葉懿瑩
譯　者　林佩瑾
封面設計　黃伍陸
協力編輯　沈如瑩
責任編輯　汪郁潔

國際版權　吳玲緯
行　銷　闕志勳　吳宇軒　余一霞
業　務　李再星　李振東　陳美燕
副總編輯　巫維珍
編輯總監　劉麗真
事業群總經理　謝至平
發 行 人　何飛鵬
出　版　小麥田出版
115台北市南港區昆陽街16號4樓
電話：(02)2500-0888　傳真：(02)2500-1951
發　行　英屬蓋曼群島商家庭傳媒股份有限公司
城邦分公司
115台北市南港區昆陽街16號8樓
網址：http://www.cite.com.tw
客服專線：(02)2500-7718｜2500-7719
24小時傳真專線：(02)2500-1990｜2500-1991
服務時間：週一至週五 09:30-12:00｜13:30-17:00
劃撥帳號：19863813　戶名：書虫股份有限公司
讀者服務信箱：service@readingclub.com.tw
香港發行所　城邦（香港）出版集團有限公司
香港九龍土瓜灣土瓜灣道86號順聯工業大廈6樓A室
電話：852-2508 6231　傳真：852-2578 9337
馬新發行所　城邦（馬新）出版集團 Cite (M) Sdn Bhd.
41-3, Jalan Radin Anum, Bandar Baru Sri Petaling,
57000 Kuala Lumpur, Malaysia.
電話：+6(03) 9056 3833　傳真：+6(03) 9057 6622
讀者服務信箱：services@cite.my
麥田部落格　http://ryefield.pixnet.net
印　刷　前進彩藝有限公司
初　版　2019年3月
初版五刷　2024年3月
售　價　340元

ISBN 978-986-97309-0-7

國家圖書館出版品預行編目資料

撒落的星星／西加奈子作；林佩瑾譯.
-- 初版. -- 臺北市：小麥田出版：家庭傳媒城邦分公司發行, 2019.03
面；　公分. --（故事館；59）
譯自：まく子
ISBN 978-986-97309-0-7（平裝）

861.57　　107022054